極上ドクターはお見合い新妻を甘やかしたくてたまらない

marmaladebunko

篠原愛紀

marmalade bunko
マーマレード文庫

目次

極上ドクターはお見合い新妻を甘やかしたくてたまらない

プロローグ

ダリアや撫子《なでしこ》にコスモスと、ピンクや赤、黄色の色鮮やかな花々に囲まれた式場の庭園で、私は喜びと緊張が入り混じった思いでいる。

庭の木立の色合いが、真夏から変化し始めた九月の初秋。

ついにこの時がやってきた。

ここは旧華族の屋敷跡の敷地内。豪壮華麗な迎賓館そばの庭園で、待ちに待った神前式を行う。

晴れ渡った空には、めでたいと謳《うた》われる祥雲《しょううん》が広がっている。

白無垢《しろむく》に身を包んだ私は、編み込まれた髪に真っ赤なダリアの生花を挿し、新郎と共に列席者の前に立っている。うれしいのにまだ半分は信じられなくて、今朝から何度も頬《ほお》をつねっていた。

隣には、袴《はかま》姿の凜々《りり》しい男性。後ろに流されセットされた髪、惚《ほ》れ惚《ぼ》れするような鼻梁《びりょう》、切れ長の瞳は冷たく、表情の変化は少ないけれど、整った綺麗な顔。見上げなければいけないほどの高身長は、百八十センチを超えているらしい。

客席の隅では車椅子に座った祖母が涙を流し、喜んでくれている姿が見えた。

「萩《はぎ》の花が美しくなびくこのよき日に、私たちは皆様の前で結婚の誓いをいたします」

穏やかな表情の彼が、低く耳に心地のいい声で誓詞奏上を述べる。

「私、讃良《さがら》梗介《きょうすけ》は咲良《さくら》さんと心を共にして支え合い、生涯にわたり愛し続け守り抜くことを誓います」

彼の整った横顔に見とれていたら、彼が私のほうへ視線を向けた。

次は私が誓う番だけど、いざこの瞬間が来ると緊張がマックスに達して頭が真っ白になってしまった。

あ、あれっ？　何て言えばいいんだっけ？

せっかく覚えた誓いの言葉が頭から飛んでしまい、声を発しないまま口をパクパク動かす。焦りで全身から汗が噴き出し、目を白黒させる私。

すると、彼が私の気持ちを落ち着かせるように目を柔らかく細めて微笑《ほほえ》みかけてきた。

そのとびっきりのスマイルのおかげで、不思議と安心感に包まれ、ガチガチに固まった身も心もほどけていく。

「わ、私咲良も、優しく誠実な梗介さんと出会えたことに感謝し、幸せな時も困難な時も互いを思いやり、一生愛し続けます」

言えた！

心臓が飛び出すかと思ったけれど、梗介さんのおかげで何とか言えた。

祝福の喝采を浴びながら、見つめ合う。

私は今、ずっと見ているだけだった初恋の人と誓いの言葉を交わし終えたのだった。

夢みたい……。

最高潮の幸せに包まれる。

今まで五年近くも横顔を見るだけで、ずっとずっと気持ちを隠し続けてきた。

それなのに……こんな私が、どうして初恋の人と結婚まで漕《こ》ぎつけることができたのか。

それを語るには、二ヵ月前の夏の出来事までさかのぼる――。

第一章
二人の出会いは偶然か必然か、運命か

ひまわりが開花したのが一週間前。庭園中に夏の匂いが漂う、うだるような暑さの七月。

私はいつものごとく祖母の庭園に遊びに来ていた。祖母の家の洋風庭園は美しくて、子供の頃から大好きだった。

天使の彫刻が左右に施された鉄の門。

その奥には、東屋を中心に上下左右に四つの花壇と四季折々の木々が植えられた庭園が広がる。広さは、テニスコート二面分。

煉瓦《れんが》の道で四つに分けられた庭園は、季節が色鮮やかに反映される。春は桜の絨《じゅう》毯《たん》が広がり、夏は藤の花が咲き乱れる中、東屋でスイカを食べる。秋は紅葉を眺めながら枯れた葉を踏み、冬は椿にかかった雪を払う。

これらメインの花壇とは別に、祖母の部屋の窓辺にも小さな花壇があり、季節ごとの色鮮やかな花々が祖母の目を楽しませている。

祖母の名前は、一ノ瀬《いちのせ》桔梗《ききょう》。

元華族で、医薬品の研究や貿易で地位や財を築いた一ノ瀬製薬会社のお嬢様だ。生まれてからお金に不自由したことがない彼女は、おっとりしていて優しく、動きの一つ一つが上品で優雅。

祖母は三人の女児を出産し、そのうち二人は一ノ瀬製薬会社の役員と社長に就任。一ノ瀬家に婿《むこ》養子として入ってくれた結婚相手も、祖父が探してきた地位ある裕福な方々で、会社を支えてくれている。

末っ子の母だけが、婿を迎えず他社に勤める父と結婚した。

そんなわけで私、津田《つだ》咲良も一ノ瀬の会社の経営には関与していない。大学を卒業後、ウエディングドレスのオーダーメイドの会社に就職した、しがないOLだ。

それでも、孫を平等にかわいがってくれる祖母が私は大好き。二十五歳になっても恋人の気配がないのを、かなり心配されているけれど、関係は良好だ。

御年八十歳になる祖母は生まれつき心臓が弱く、激しい運動はできない。

身体の弱い祖母を喜ばすために、祖父は庭園にたくさんの色鮮やかな花を植え、何度かテレビの取材が来るほどに美しく造り上げていった。

そんな庭を祖母は愛し、一番幸せだった時期を共に過ごした祖父との思い出を、よく私にうっとりしながら語って聞かせた。

でも、五年ほど前に祖父が亡くなってから、祖母はショックで心臓発作を起こし、足を骨折。完治したあともすっかり足腰が悪くなり、精神的にもこの思い出が詰まった屋敷から出られなくなってしまった。

一日中窓から庭園を見ているだけの祖母は、週に三、四回庭いじりをしに来る私の観察を始めてしまったようだ。

庭園の大部分を占める四つの花壇は、週に一度、庭師のおじいちゃんが手入れしに来てくれるが、花を決めたり肥料を巻く程度は私がお手伝いさせてもらっているし、祖母の部屋から見える花壇などの一部は私がいじらせてもらっている。

私が花壇に肥料を撒き、土だらけの軍手を外の水道で洗っていると、祖母が屋敷の窓から冷ややかな視線を向けてきた。

「咲良ちゃんってば、こんなにかわいいのに恋の話もしないで、土をいじってばかりね」

窓の縁に頬杖をついている祖母は、わざとらしく重いため息をつく。

「あなたのお母さんもおっとりして奥手な子でね。おじいちゃんがお見合い相手を決めようとしたんだけど、『普通の恋がしたーい』ってそれを無視して恋愛結婚したのよ。だからあなたも放っておいたんだけどねえ」

最初は、私が庭園を整備するのを喜んでくれていたのに。今は、休日に肥料を持ってやってくると驚かれる始末だ。

今日も、大輪のひまわりが咲いた花畑のお世話に来ている。

私の腰まで伸びたひまわりは、太陽のほうを向いてイキイキとしている。

今日は葉が害虫に喰《く》われていないかのチェックと水やり。

私は休み休み作業しながら、祖母にある相談をした。

「おばあちゃん、私、今日は大事な話があるの」

「話？　なになに？　おつき合いしている人がいるの？　結婚？」

女性という生き物は、何歳になっても恋バナが好きらしい。でも私の話は、それとは遠く離れた内容だ。

私は浮かない顔で、首を振って大きくため息をついた。

「お父さんの海外赴任が決定したの」

「あら。どこに？」

「ロサンゼルスだって。そこで日本語講師が不足してるらしくて」

父は海外にもいくつか支店がある語学スクールで、日本語講師をしている。

ロサンゼルスのスクールで退職する人がいるため、急遽父が呼ばれたのだ。十月初めまでには渡米しないといけない。

「じゃあ、お母さんはついていくのよね？」

「うん。ロサンゼルスには、前におじいちゃんが購入した別荘があるから、そこを貸してほしいって」

「あらあら、私は何も聞いてないわよ。管理を任せている方に連絡しなくっちゃ」

祖母は車椅子に乗せていた鞄から、古い手帳を取り出した。そして窓の縁に置き、風でめくれないように押さえながら、指先でページを探していく。

でも、本題はそこではない。

私は洗った軍手を水道の蛇口の上に干しながら、祖母の目をまっすぐ見る。かわいい孫をアピールして、どうしてもお願いを聞いてほしかった。

「それでね、私、ここの二階のあまってる部屋に引っ越したいんだけど、いい？」

祖母が住むこの洋風屋敷は、庭園に負けず劣らずの大豪邸。二階は布を被《かぶ》せた家具と共に、眠っている部屋がいくつもある。足が悪い祖母は一階で生活しているし、二階のゲストルームやシャワー室は、今は私が花壇いじりの時の着替えに使っているぐらい。

母は父についていくし、私が結婚すれば父と二人でもう少しこぢんまりした家に住みたいとも言っていた。だから、この機会に実家は親戚に貸し出すことにしたらしく、私にはほかに部屋を借りて一人暮らしするよう提案してきた。

それもいいかもしれないけれど、欲を言えばいつでも花壇がいじれて、祖母とも会えるこの屋敷に引っ越したい。

祖母は鳩が豆鉄砲を喰ったような顔でこちらを見ている。

「あなたはロサンゼルスには行かないのね」

祖母に言われ、私は頷《うなず》く。

「私は英語もできないし、今の仕事が好きだし、おばあちゃんも心配だし、花壇の手入れも好きでしょ」

私は季節ごとに移り変わるこの美しい庭園が好きだし、祖母の窓から見える花壇には、各季節で一番綺麗な花を咲かせていたい。

「咲良ちゃんが日本にいてくれるのはうれしい気もするけど……海外に行ったら、運命の出会いがあるかもしれないよ」

少し納得がいかないような複雑な表情で言う祖母に、私は苦笑する。

祖母としては、庭ばかりいじっている私に少しでも変化が訪れ、恋をするきっかけができればいいと思っているのだろう。たとえかわいい孫が遠くへ行ったとしても。

「そんなの興味ないよ。まず英語がしゃべれないと出会いも何もないし」

「何でそんな枯れた子になっちゃったの？　今が一番、恋をしていて楽しい歳なのに。私の世話なんかよりね、自分の幸せを見つけなくちゃ」

恋愛する気を全く見せない私に、顔をしかめる祖母。結婚の気配もなく、従兄弟《いとこ》たちと違って華やかな経歴もない私は、祖母にとって心配対象でもあるようだ。

うう、やっぱ難しいかな。

祖母は悩んでいるけど、すぐに返事をくれないあたり無理な気がしてきた。

私には利点があれど、週の半分は家政婦さん二人が身の回りのことをしてくれているし、祖母は一人で快適な今の暮らしに不満はなさそうだ。

「そういえば庭師のおじいちゃんに、スノードロップを薦められたんだよね。冬は花壇にスノードロップを植えるのはどう？」

これ以上、暗い表情になる祖母は見たくないので、返事も待たずに話題を変える。

「それは初めて聞く花ね。どれどれ？」

祖母も興味を持ってくれたので、スマホを検索し始めた。二月から三月に咲く花だけど、秋には球根が育ち始めるらしく、鉢植えで育ててから花壇に植えようかと考えていた。

「あら。白くてかわいい花じゃない」

「でしょ。かわいいの」

二人でスマホの中の花を眺めていたら、門のほうから車のブレーキ音が聞こえた。

顔を上げると、門の前を横切る黒い外国製の高級車が見えた。

――彼の車だ。

「今日って診療日だったの？」

祖母にスマホを渡して、ジャージの土を払う。

彼は来客専用の駐車場に車を停めて降りると門の前に行き、慣れた手つきでオートロックを解除し、こちらに向かってくる。じりじりと皮膚を焼くような暑さの中、きっちり着込んだスーツ姿なのに、汗一つかいていない。

遠くからでもわかるスタイルのよさ。足が長すぎて腰の位置がおかしい。切れ長の目は鋭く整った顔立ちで、後ろへ流した髪は、一寸の乱れもない。『完璧』という言葉を地で行く人。

『クールでストイック』と言えば聞こえはいいけど、彼のように表情を変えない男性に見下ろされるのは最初は少し怖かった。

でも、もう五年以上も祖母の庭で会っているので、私は彼が冷たい人じゃないことを知っている。

「こんにちは。暑くない?」

「こんにちは。あはは、汗だくです」

ジャージ姿が恥ずかしくて、花の中に屈《かが》み、顔だけ出してみた。私の腰ぐらいまで成長したひまわりに、今はとても感謝している。

彼は少し目を細めたあと、一度、門のほうを振り返り指差した。

「門の前の肥料はどこに運ぶ予定かな?」

力仕事は時々手伝ってくれるから、また手を貸してくれるつもりだろうか。

私は目の前の花壇を指して言う。

「この辺りです。でも台車で運ぶから大丈夫ですよ」

「診察後に手伝う」

笑いもせずに、仕事のついでのように言うけれど、彼の優しさは充分伝わってくる。

私がにやけながらお礼を伝えると、彼は私に小さく会釈して玄関から中に入り、すぐに祖母の部屋にやってきた。

私は庭仕事をしながらも、梗介さんに気づかれないよう聞き耳を立ててチラチラと中の様子を窺っていた。

「一ノ瀬さん、具合はいかがですか?」

「ふふ。来るなり肥料の話なんかして、私より孫ですか?」

彼の質問はそっちのけで、意地悪な言葉を返す祖母。

しかし、彼は表情を変えずに、祖母の体温や脈拍を測っていく。

彼の名前は讃良梗介さん。心臓の悪い祖母を週に一度訪問診療してくれる、讃良大病院の院長の息子さんだ。

讃良病院と一ノ瀬製薬会社は取引をしていて繋がりが深いので、讃良病院の院長さんがずっと祖母の主治医だった。

彼が担当になったのは、五年前。それまでも院長の送迎に来てくれていたので、昔から顔は知っていた。

冷たい外見とは違って本当は優しく、温かみのある人だとわかったのは、祖父が亡くなったあと、庭園で会話した日から。

最初にこの庭園で彼と話した時のことを、私は覚えている。

＊＊＊

私が大学生の時で、祖父の葬式が終わった直後の六月。木漏《も》れ日が煌《きら》めく中、紫色の桔梗が風で大きく揺れている、とある日。

祖父は、祖母の名前と同じ桔梗の花を愛していたので、自分の書斎から見える花壇にはすべて桔梗を植えていた。

その花壇で、草むしりをしている私の横に彼が立った。いつもは淡々としている彼が、少し驚いた様子で桔梗を見ながら呟いた。

『今年は咲かないと思っていた』

「……桔梗が、ですか？」

私が首を傾《かし》げて尋《たず》ねると、小さく頷く。

祖父が亡くなってからバタバタしていて、私が任されている花壇はしばらく放置してしまっていた。

『夜の淡い光の中でも、眩《まぶ》しい太陽の下でも美しく咲く桔梗。この花の美しさに惚れた父が、俺に梗介と名づけたらしい』

彼の長い指が、朝露で濡《ぬ》れていた桔梗を優しく撫《な》でる。

その壊れないようにそっとふれる指先に私は愛情を感じて、彼の顔を見上げた。

『君がいつも手入れしてくれているんだな』

穏やかで優しい笑みを浮かべる彼。

あ……今笑った？

『あ、えっと……はい。私、この庭が大好きなんです』

『大好き、か』

彼の口角が上がり、桔梗を撫でていた指先がゆっくりと私の鼻のほうに伸びる。

そして、親指の腹で鼻を撫でられた。

途端、私の胸が今まで経験したことがないほど大きく高鳴る。

『鼻の先に土をつける女性を初めて見た』

彼がくしゃくしゃになった顔で笑う。

えっ、鼻に土⁉　そ、そうだよね。理由なしで触ってこないよね。

まぬけな顔をさらしていたのかと思うと、顔から火が出そうなほど恥ずかしい。

顔が熱くなり、汗も噴き出る中、彼の笑顔に見とれてしまった。

だって、すぐそばで咲き乱れている桔梗よりも、大好きな庭園のどの花よりも綺麗で温かみがあったから。

冷たい人だと思っていたけど、こんなにも笑顔が穏やかで、こんなにも指先が優しい人だったんだ……。

今までの彼の印象がガラリと変わるほどの衝撃で、胸がときめく。

目の前の彼に心臓の音が聞こえてしまわないか不安なくらい、しばらくドキドキが収まらなかった。

＊＊＊

それから私を見つけては、高級なスーツを着ているにもかかわらず重たい肥料を運んでくれたり、土と肥料を混ぜるのを手伝ってくれたり。

あの日の笑顔はないものの、彼が進んで手伝ってくれる優しさに私の心はいつも躍っていた。彼を見るだけで、一週間ずっと幸せが続く。

大病院の跡取りである彼は医者としての評判もよく、誰もが振り返るほど容姿端麗で性格もよく、まさに非の打ちどころのない人。

反対に、私は特に取り柄もない一ＯＬ。父は日本語スクールの講師で、母は専業主婦と、二人とも一ノ瀬製薬会社の経営にはノータッチ。平凡中の平凡だから、彼に見合う女性ではない。

でも彼みたいに素敵な人を見てしまったら、ほかの男性にときめくわけもなく……。

理想だけがバベルの塔のように高くなってしまった私は、いまだに男性とのおつき合いの経験が全くない。

「先週と変わりありませんね」

祖母の診察が終わった彼を、ひまわり畑から覗《のぞ》き見る。

彼は片づけを終えて祖母の車椅子を押しながら、玄関から出てきた。家にこもってばかりの祖母を、東屋まで連れ出してくれているんだ。

「梗介さんは、おつき合いしてる方はいらっしゃらないの？」

「お、おばあちゃん」

そんな、どう見ても女性に困らないような方に、いきなり失礼な質問しないで！

慌ててひまわり畑から飛び出たが、祖母は私のジャージ姿を頭の先からつま先まで眺めてため息をつく。

梗介さんは腕時計を確認しながら、眉一つ動かさない。

「今は仕事が忙しいので」

「あら。それって言い訳よ。ダメダメ。仕事が忙しい時こそ、家に帰ると好きな人が出迎えてくれるのって癒されるわよ」

「それは確かに理想ですね」

彼は祖母のお節介を上手にかわして、祖母を立たせようと手を差し出した。スマートにエスコートしちゃうあたりも、さすがだなあって見とれてしまう。

「今、何歳だったかしら?」

「今年で三十一です」

「あら、そろそろ身を固める時期じゃない」

なおも祖母がお節介を焼くけれど、彼はそのまま曖昧に頷いて誤魔化してしまった。

彼は車椅子から降りた祖母を、数歩だけだが東屋まで歩かせてくれた。そのまま祖母を座らせると、「一日十分でも外を散歩してみてください」と言った。

表情がないから見た目は怖いけれど、祖母のことを思って言ってくれているのは伝わってくる。エスコートしている姿は毎回見ているはずなのに、王子様みたいに柔らかい物腰でため息が漏れてしまいそう。

いい。これでいいの。

こうやって彼を見つめていても、この庭園では誰にも気づかれない。見ているだけなら私にも許されるはずだ。それだけでも幸せ。

だって彼の隣には、私の従姉《いとこ》のように美人で自信に満ち溢れた女性がいるほうが合っている。

以前、この東屋で見てしまった——。

私が幼少の頃から憧れていた二歳年上の従姉、亜里砂《ありさ》ちゃんと梗介さんが、ここで抱き合っているのを……。

二年くらい前のことだ。

まるで映画のワンシーンのようで見とれてしまった。と同時に、胸が張り裂《さ》けるような痛みが走り、彼に恋心を持っているのだと自覚した。

そっか。私、彼が好きだったんだ……。好きになっても当然なぐらい、素敵な人だもんね。

そして、手が届かない人だとも理解した。ちくりと痛む胸を押さえながら、自分に必死にこう言い聞かせていた。

救いだったのは、相手が私の憧れる亜里砂ちゃんだったことかな。彼には、亜里砂ちゃんのような綺麗で魅力的な人が似合うもんね。

「どうしたの？　咲良さん」

「えっ」

気づけば、無表情のまま私の顔を覗き込んでいる梗介さん。

私は我に返り、辺りをきょろきょろと見回すも、祖母の姿がない。

「あれ、テレポート？」

「何、それ？」

ふっと笑われてしまい、うつむく。

ひゃあ！　変なこと言っちゃったよね。

「いや、おばあちゃん、さっきまで東屋にいたのに。いつの間にか家に戻ったみたいだから、テレポートかなって」

「いえ。咲良さんだけ時間が止まっていたのかな。暑いけど、脱水とか大丈夫？」

変な発言のせいで、脱水症状で頭が回っていないと思われたのか。ますます恥ずかしい。

彼はスーツのジャケットを脱いで東屋の席に置くと、腕まくりをした。肥料を運ぶのを手伝ってくれるらしい。

「あの、私、台車取ってきますっ」

慌てて玄関に置いてある台車を取ってきて、彼と一緒に肥料を置いてある門のほうに向かう。

私の歩調に合わせてゆっくり歩いてくれる彼。

やっぱり優しい。

「次はどんな花を植えるの？」

門のそばに来ると、彼が台車の上に次々と肥料を載せてくれる。

私は重くていつもフラつくのに、こんなに軽々と持つなんてすごい。

カッコいい梗介さんにぼーっと見とれていると、彼が不思議そうにこちらを向いた。

「咲良さん？」

「え、あ、次は、スノードロップの球根を植えようかなって」

「スノードロップ？」

彼も初めて聞く花らしく、首を傾げる。

「白くて、雪のように愛らしい花です。花言葉は『希望』。舞い落ちる雪を、天使がこの花に変えたと言われているんです。勝手に悪いイメージを持ってる人が、この花について『死』を連想させるような話を流行《はや》らせたんですが、全然違うんです。本当にかわいいのに」

メイン花壇には大輪の花が美しく咲き誇っているが、祖母の花壇には小粒の可憐な花がよく似合う。

「なるほど。君みたいな花ってことか」

「え、私？」

庭園をぼうっと眺めていた私は、慌てて梗介さんのほうを向いた。

『白く愛らしい花』って説明したよね？　それなのに私みたいな花？

破裂しそうなくらい、暴れだす心臓。

言葉の真意が知りたくて、胸を押さえながら彼の顔を見上げる。

こちらに向けられている端正な顔からは、表情が読み取れない。

どんな気持ちで言ったの？

「同じことを二回も言わないよ」

彼は無表情のまま目を逸《そ》らした。

もっと梗介さんの言葉を汲み取らなきゃいけないのに、綺麗な横顔に見入ってしまう。ドキドキが止まらず、『もう一度、こっちを見て』なんて、言えるわけもなかった。

＊＊＊

「梗介さん、独身なのよ。あんなに素敵なのにねえ」

彼が帰ったあとも庭いじりを続けている私に、祖母は部屋の窓から顔を覗かせて少女のように笑った。

「そうだね」

自由奔放だった祖父とは正反対の堅物そうな彼に、祖母はなぜか興味津々の様子。

「さっきのあなたがここに住むって話、せっかくのかわいい孫の提案だけど、この屋敷は私とおじいさんの思い出がたくさん詰まっているでしょう。だから、一人で偲《しの》びたいのよ。ごめんねえ」

やっぱりか。

申し訳なさそうな祖母に、何も言えなくなる。

ここに私が入り込んだら、二人の思い出を穢《けが》してしまうもんね。

「そう……だよね。じゃあ、この近くで一人暮らししようかな」

「そうしてくれると助かるわ。あとね、ロサンゼルスの件で話があるから、お母さんにここに至急来るように言ってちょうだい。急いでね」

なぜか祖母は少し興奮している。

急かされた私は仕方なく、ひまわりに水をやり終えると着替えて帰宅した。

第二章
現状打破には、お見合いがいいらしい

『大事な話がある』と祖母と両親に呼び出されたのは、それから二日後だった。

祖母の家へ到着して応接間へ。

中に入ると父と母は笑顔でソファに座り、祖母も窓辺の一人用のソファに座って満面の笑み。

その笑顔に少し違和感を覚えた。

「咲良、そこに座って」

普段はおっとりしている母だけど、今日は笑顔がわざとらしくて怖い。

「……何か企んでる？」

「まあ、ひどい。いつものお母さんよ」

そんなこと一ミリも思ってなさそうな雰囲気の母に、思わず後ずさる。

一体全体どうしたっていうんだろう。

「私たちも、かわいい一人娘を置いて海外に行くのは心が痛むのよ」

「そうだよ。それにここに住むのも断られたんだろう」

母のセリフに、父が畳みかけて言う。

「休日に一人暮らしのアパートを探しに行くよ」

今まで実家で甘えさせてもらった分、貯金には少しは余裕がある。収入に見合った家賃のところに決めれば、何とか生活はできるはず。

「その前に、恋に対して全く動こうとしないあなたに提案があるの」

祖母はそう言って、私が貸していたタブレットの液晶を見せる。

「釣書代わりよ」

液晶画面には梗介さんの凛々しい姿。どうやら、この庭で盗撮したもののようだ。

「えっと、何？　この盗撮写真」

「今度の土曜日がちょうど大安だから、予約しちゃったの」

祖母がにんまりと笑う。

「だから何？」

意味がわからずもう一度聞くと、両親も祖母もさわやかに伝えてきた。

「お見合い。相手は讃良梗介さん」

「え……え？　ええ!?」

咄嗟《とっさ》に、持っていた鞄を床に落としてしまった。

「もう先方にも話は通してあるから。もちろん、ご両親は乗り気よお～」

祖母はウキウキしてご機嫌な様子。

え。ええ!? もう話が決まっているの? しかも相手が、あの梗介さん? ついこの前、肥料を運ぶのを手伝ってくれた彼!?

頭はもうパニック状態だ。

「な、何でそんなこと勝手に決めるの? どう考えたって不釣り合いじゃない! あの讃良大病院のご子息と私って、何で? どうして!?」

私を見つめる三人は、憎らしいほどの笑みを浮かべている。

「彼なら安心だしなぁ」

「私たちも安心して海外行けるしね」

呑気《のんき》な言葉を吐く両親を無視して祖母のほうに目を向けると、数年ぶりに見るほど幸せそうに目を輝かせていて、驚いた。

「お父さんとお母さんが海外に行く前に、急いでお見合いだけでもしましょう。私が仲人するわ」

「おばあちゃんが?」

祖母の張り切った様子に、思わず父と母の顔を交互に見てしまった。

こんなに前向きな祖母は初めてだ。興奮しすぎて発作が起きないか心配なほど、イキイキしている。

「ふふ。私も久しぶりに出かけるのが楽しみだわ」

屋敷にこもって以来、祖母が通院以外で出かけるのは初めてかもしれない。こんなに祖母がはしゃぐなんて。

どうして数日の間に、こんな話になっちゃってるの？　梗介さんと私がお見合い？　話を通したって言うけど、おばあちゃんは一ノ瀬製薬会社の関係者だし、心臓に爆弾を抱えているから、梗介さんは断れなかっただけじゃないのかな。

あんなにカッコよくて素敵で、大病院の御曹司である梗介さん……私なんかが釣り合うはずがない。

いまだに半信半疑で、これが現実なのか夢なのかもわからない。

「一度、この庭園じゃない場所で会ってみるのもいいかもしれないわよ」

地に足がつかないまま呆然とする私に、祖母が張り切って言うと、母も私のそばに寄って囁《ささや》く。

「お願い。おばあさんもあんなにうれしそうに外出するって言ってるし。あなたもおつき合いしている人いなそうだし、一回だけ、ね」

両手を合わせて必死にお願いを連呼する母。

突然で驚いたけど、嫌なわけがない。

こんな私が、ずっと憧れていた彼とお見合いできるなんて思ってもみなかった。きっと、会えば夢だとわかる。彼の困った顔を見て、祖母の頼みだから断れなかったんだ、いずれフラれるだろうと気づくはず。

そう思いながらも、もしかしたら……という期待に胸が弾《はず》んでくる。ダメ元でも、せっかくの機会を逃したくない。

意を決すると、身のほどをわきまえず喜びで震えてきた。

「わかった。お見合い、します」

ずっと抱いていた淡い感情をかたちにする、最初で最後のチャンスだ。

そう気づいた私は、不安と歓喜と緊張から震えていた両手を強く握りしめた。

＊　＊　＊

あれよあれよと月日が経ち、お見合い当日——。

場所は、祖母の血筋である旧華族の屋敷跡。今は『宿花《よいはな》』という名の美術館の敷地内にある料亭『一梗《いっこう》』だ。

美術館には、華族の方が貿易で得た和洋折衷の美術品が展示されており、私は物心ついた時から祖母によくここに連れてきてもらっていた。

敷地内の広く美しい庭園を一望できる『一梗』は、祝事やお見合いの席にもよく使われ、一見では利用できない人気店。

こんな場所でお見合いだなんて、祖母の本気度が窺えて緊張する。

この日のために用意された着物は、祖母が大事にしまっていたアンティークの訪問着。状態は新品同様に美しく、大切に保管されていたことがよくわかる。淡い水色に、控えめに紺色の花丸文の柄。

ぱっと見は地味だったけれど、着てみると上品で美しく、鏡の前でじっくり見てしまった。

料亭は全個室で、障子を開けるとどの部屋からも庭が一望できる。

梗介さんとテーブルを挟んで対峙している私は、緊張のあまり彼と視線を合わせられない。

池の中の金色の鯉《こい》が太陽の光で輝き、ししおどしの音が響く中、祖母は美術館長と料亭の女将《おかみ》さんにお呼ばれし、庭で談笑している。

隣で私と梗介さんの両親たちが四人で歓談しているが、私は何をしゃべったらいいのかわからず、運ばれてきた数の子奉書巻きばかりをただ眺めるばかり。

少し視線をずらして、お茶の中に映る梗介さんを見る。

珍しくカジュアルな紺色のスーツを身にまとった彼は、いつもと雰囲気が少し違う。

緊張と怖さで、彼の顔を見られない。彼が今どんな気持ちでそこに座っているのか、目を見て察してしまうのが怖い。

やっぱり断れずに仕方なくここに来たのかな。

梗介さんのご両親とうちの親は、父の赴任先のロサンゼルスの話で盛り上がっている。

この雰囲気では縁談を嫌だと思っていても、断りにくいだろう。

浮かれそうになる気持ちを抑えなきゃ。彼のためにこちらから断らないといけないことはわかってる。でも、こんなに魅力的な彼を地味で平凡な私が断るなんて、恐れ多い。

「咲良さん」

「は、はい」

お茶越しに見ていた彼が、私の名前を呼ぶ。顔を上げると、優しく目を細めていた。

「少し散歩しませんか？　ここは、君が案内できると聞きました」

「できます。美術館でも庭園でも」

かしこまったこの場では緊張するし、親の目も気になる。二人で出かけたほうがうまく話せるだろう。とにかく彼の気持ちをきちんと聞きたい。

彼は横を向いて、ご両親にひと言、ふた言告げて立ち上がった。

蓮《はす》の花が池に映え、たゆたう水面の奥には鯉が心地よさそうに泳いでいる。

長い石橋に差しかかり、彼は着物の私を気遣って手を差し出してくれた。

その大きな手の平を見つめ、恐る恐る手を取る。そしてお礼を言おうと彼の顔を見上げた。

「やっとこちらを見てくれた」

安堵《あんど》した彼の顔を見て、視線を泳がせる。

彼の優しく柔らかい声で、緊張が解けていく。けれど、正面から見つめ合うのは恥ずかしい。

「梗介さんはっ」

「はい」

手を握られていては逃げられない。だからこそ、私も逃げずに聞きたい。

「わ、私でいいのでしょうか？　梗介さんみたいに大人で、素敵な人が私とお見合いなんて……その、断れなかっただけ、では？」

声が裏返ってしまった。背中に汗が滲《にじ》む。

自分で言っておきながら落ち込んでしまう。今、隣に並べられるほど、綺麗でも生粋のお嬢様でも、地位ある仕事をしているわけでもない。

「咲良さん、こちらを見てくれますか？」

迷いつつ、もう一度彼の目を見上げる。

彼は真剣な表情で、私をまっすぐ見据《す》えた。

「正直に言うと、こんなかたちでお見合いになったのは不本意です」

「……あ。そう、ですよね。そうですよね」

彼のストレートで素直な言葉に、胸が締めつけられる。

当たり前だ。彼は私と違って結婚相手なんてより取り見取り。お見合いなんてする必要がない。

わかっていたけれど、はっきりと彼の言葉で聞くと胸が痛い。

……でも、彼の本音が聞けてよかった。断りづらいかなと心配していたけど、彼は大人なのできちんと自分の意見を言える。

「自分はこの通り、表情も硬く、言葉もはっきりと伝えてしまうので、女性には怖がられたり避けられることが多い。特に、君みたいに表情豊かでかわいらしい女性には。だから、君が俺に恋愛感情なんて持つはずがないと自覚している」

嘘……そんなはずないじゃない。こんなにカッコいいんだからモテるだろうに、そんなふうに思ってたなんて。

確かに梗介さんは無表情で目力があるから、見下ろされたらたじろいでしまう。でも私は、彼が優しい人だと知っている。

「なので、俺は自分から告げることから逃げていたかもしれない。そのせいで周りからお膳立てされ、こうした機会を与えられてから動くのが恥ずかしい」

続けて語る彼の言葉の意図を必死で理解しようとしていたら、彼が私の髪飾りにふれた。

突然のことに、心臓が飛び出しそうなくらい胸が高鳴る。

「俺はあなたがいい。あの庭で、どの花よりも鮮やかでかわいらしいあなたがいい」

……え？　私？　どういうこと……？

言葉の意味を知りたくて、表情の乏しい彼の目をまっすぐ見つめる。

するとあの鋭い目が柔らかく細められた。まるで、微笑んでいるよう。

「……え？」

声が震えてしまっている。

も、もしかして私、今梗介さんにすごく甘いセリフを言われたの……？

混乱して何を言えばいいのかわからない。

足が震えて、今にも座り込んでしまいそうな私に、彼は強い眼差《まなざ》しを向けてきた。

「こうしたお見合いではなく、自分できちんと気持ちを伝えればよかった。だが、もうこのチャンスは逃さない。……君の気持ちは？」

本当に？

私がいいだなんて彼が言うはずがないけれど、耳がそう聞き取ってしまった。信じられない展開に、ドキドキが止まらない。喜びが全身を駆け巡る。

「私も！　私も梗介さんがいいです！　怖くないです。優しくて素敵だしっ」

興奮して一気にまくし立てたので、酸欠になりそう。

夢見心地で、フラフラと足元がおぼつかない私の腰を、梗介さんがつかんでくれる。

「それは、本当？」

心なしか、喜びが目元から滲み出ている気がする。

至近距離で見つめられ、頬が火照《ほて》る。彼をどれだけ素敵と思っているか、もっときちんと告げたいのに、うまく言葉が出てこない。

固まったまま動けない私に、彼は目を細めながら念を押すように聞いてきた。

「君のご両親は海外に行くみたいだし、家の事情でご両親や一ノ瀬さんに縁談を強要されたんじゃないの？」

「ち、違います！　いえ、お見合いのことは私抜きで決まっていたんですが、嫌じゃなくて、むしろ私みたいなので申し訳ないぐらいでっ」

わあ、緊張する。頭が真っ白で喉《のど》もカラカラ。全然、気の利いた言葉が出てきてくれない。

「私、祖母も祖母の庭も好きだけど、梗介さんが来る日は庭いじりがもっともっと楽しみで！」

頭が沸騰しそうで、子供のような発言しかできない。

彼は頷くと、真剣な眼差しで私を捕らえた。

「俺は一ノ瀬さんの家の近くで一人暮らししてるんだ。このまま俺の家に引っ越してこられる？」

一人暮らしの、梗介さんの家に？　……それって、それってつまり……私たち、結婚して一緒に住むってこと？

うれしさが込み上げて、胸が熱くなる。今にも涙が溢れそうになりながら、満面の笑みで何度も何度も頷く。

これ、本当に夢じゃないよね？　梗介さんは、ただただ遠くから眺めているだけの、憧れの人だったのに信じられない。

ずっと石橋の上で止まっていたけど、鯉が跳ねたのをきっかけに再び手を繋《つな》いで歩きだす。

着物の私に歩調を合わせてくれる彼。

その大きな手に重ねた私の手は、興奮で汗ばみ震えていた。

彼に隠れて頬をつねろうと横を向くと、池の向こうにある花畑を見つけ、重ねた手に力を込めた。

「梗介さん」

「どうしました？」

「桔梗……っ」

もう片方の手で、池の向こうを指差した。

池のほとりに堂々と咲き乱れているのは、桔梗。水面に映り、輝いている。

足は自然とそちらへと向く。着物のせいで歩くのが遅くなり、エスコートされる時間も長くなる。こんな、ちょっとした時間が幸せだ。

彼の手に支えられながら橋を渡り終え、花畑の前に来ると、桔梗の花が風に揺れていた。

「ここに桔梗が咲いているなんて、運命感じちゃいますね」

最後に来たのは去年の春。それまで、ここに桔梗があることは知らなかった。太陽の光に照らされた桔梗は、息を呑むほどに美しかった。

「ずっと眺めていたいな。二人で」

彼は指先を伸ばし、花びらをそっと突いた。その繊細な仕草は、私が初めて梗介さんに心を奪われた日を彷彿させた。

今までずっと見てきたくせに、彼の家柄や魅力に圧倒されて、行動に移せなかった。でも、せっかくの運命の巡り合わせ。このチャンスを逃したらいけない。逃したら、絶対に後悔する。

「……ふつつか者ですが、よろしくお願いします」

小さく頭を下げると、桔梗に伸ばしていた彼の手が私の頭を撫でた。

「こちらこそ、よろしくお願いします」

梗介さんもこちらに頭を下げてくれたので、私は彼のつむじを初めて見ることができた。それがうれしくて緊張が解けていく。きっと、だらしなく笑ってしまったのだろう。

気づけば、彼が苦笑していた。

散歩後に、私たちはその場で結婚を決めたことを両親たちに告げた。

すると、このままこの屋敷跡の庭園と、敷地内にある迎賓館で神前式と披露宴《ひろう》の見学をすることを促された。

今日、ちょうどここで結婚式をしている新郎新婦がいたので、遠巻きに見学する。

唐傘を持った新郎が、新婦と共に大きな橋を渡っている。池の向こうでは、親族が盛大な拍手と花びらで祝福していた。

その結婚式を見た祖母も互いの両親も大興奮。うちの親が渡米する前に、身内だけでここで式をしようと盛り上がっていた。

＊＊＊

それからは大忙しだった。父方の親戚がうちの家を借りたいと言っていたので、家のクリーニングも考慮して、十月初めには向こうへ行く予定だ。

私も結婚式後には、梗介さんの家に引っ越せるように荷造りをしていた。

大病院の跡取りである彼が、小規模の式でいいのか不安だったが、彼は大人数を相手に愛想《あいそ》を振り撒くタイプではないので、身内だけの式に乗り気だった。

とはいえ、讃良大病院と一ノ瀬製薬会社は古くからつき合いがあり、従兄弟や伯母《おば》たちも式に参列したいと、連日連夜、母に電話をしてくる始末。結局、梗介さん側のご配慮により、うちは親戚も参加することになった。

＊＊＊

そして式当日――。

式が始まる前、従姉の亜里砂ちゃんが私の晴れ着姿を見に新婦の控え室に来てくれた。髪をハーフアップにした彼女は、真っ赤な薔薇《ばら》が色鮮やかな有名デザイナーの着物をまとい、目を見張るほどに美しかった。指先のネイルも、高級ブランドのバッグもブーツも、マナーの範囲のギリギリを攻めていて、オシャレで目立つ。

ほかの従兄弟たちは歳が十ほど離れているうえ、法事以外で顔を合わせたことがなく、昔から近寄りがたくて私は母の後ろによく隠れていた。

でも、亜里砂ちゃんだけは、唯一私と親しくしてくれる頼れる存在。

顔立ちがはっきりしている彼女は、子供の頃からずっとモデルをしていて、老舗和菓子店のキャンペンガールを務めたこともある。一度はモデルを辞めて一ノ瀬製薬会社に入社したものの、数年で辞めて半年ほど海外留学したり、モデルの仕事を再開したりと、自由に生きている。

平凡で安全な道しか歩けない私には、憧れと尊敬の対象だ。

愛嬌もあり、従兄弟たちにもかわいがられていた亜里砂ちゃんは、母の後ろに隠れていた私に、いつも手を差し伸べてくれていた。

『お兄ちゃんたちが、庭でサッカーするんだって。私たちも庭で遊ぼう』

『お兄ちゃんたちがゲーム始めたから見に行こう』

親戚で集まると、話の中心にいるのはいつも亜里砂ちゃんだった。

ストレートで艶《つや》やかな長い髪を、かわいらしいネイルが施された綺麗な指でかき上げる。高級ブランドのワンピースとハイヒール。オシャレで美人。大胆ではっきりと自分の意見を言える。

……そんな、私と正反対の亜里砂ちゃんと梗介さんが、祖母の庭で抱き合っていたのは数年前。二人は恋人だったのか、だとしたらあのあとどれぐらいつき合っていたのかもわからない。

二人の関係を聞くのが怖くて、今日までずっと聞けなかった。なので、私たちがまだ入籍していないことに食いついてきたのには冷や汗が出た。

亜里砂ちゃんは、新しいおもちゃを見つけたように、うれしそうににんまり笑う。

「え、あんたたちまだ入籍してないの？」

「うん。うちの親の都合で慌ただしく式だけ済《す》ますことになって。入籍は、梗介さんが覚えやすいように、私の誕生日かおばあちゃんたちの結婚記念日にしようかなって」

私の誕生日は一月で、祖母たちは昔の人にしては珍しくクリスマスに入籍したはいからさんだ。

「ふうん。浮かれてるのね」

亜里砂ちゃんは置き鏡の中を覗き込み、セットされた髪を撫でながら、まだ口の中で言葉を転がしているようだった。

尋問されているようで、ちょっと居心地が悪い。

「いや、咲良は平凡で普通の子だからさ。もっと普通のサラリーマンと結婚すると思ってたのよね」

　くるりと振り向いた亜里砂ちゃんは腕を組み、しかめっ面だった。

「私みたいに容姿端麗な現役モデルで、家柄もいいトリリンガルのほうが、あーゆう男には釣り合うと思うけど」

　う。式当日の花嫁の前でこんなことを言えちゃうあたり、亜里砂ちゃんらしい。

　昔のことが気になる私は、恐る恐る尋ねる。

「亜里砂ちゃん……梗介さんが好きだったの？」

　彼女は目を丸くしたあと、噴き出して壁をバンバン叩《たた》いて爆笑した。

「この引く手あまたな私が？　あんな愛想笑いもしない家柄だけの男を？」

「梗介さんはいい人だよ。それに……」

『以前、抱き合ってたのを見たよ』と言うべきか悩んだ。背中に手を回し、うっとりしている姿は、衝撃的で目に焼きついている。

「確かに、あんな堅物が自分にフラフラ寄ってくる姿は楽しいだろうね。糸で操ってる感じ。私に言い寄られて拒否できる男なんていないし」

　にやりと笑った亜里砂ちゃんは、唇をトントンと指先で叩く。

「不倫は自分の価値を下げるから死んでもしないけど。ふうん。入籍してないんだね」

意味深な亜里砂ちゃんの言葉に、私の胸がざわめく。

亜里砂ちゃんは、梗介さんが好きなのかな……？

内心焦りながらも、彼女の表情を読み取ろうとするが、亜里砂ちゃんは私に気持ちを隠すように微笑んでいる。

「あ、亜里砂ちゃん……？」

「ふふ。冗談よ。別に男に困ったことないから。自分から口説くのも面倒だし、じゃあね」

ひらひら手を振りながら、嵐を巻き起こすだけ巻き起こして彼女は去っていった。

〝自分から口説くのも面倒〟——。

じゃあ、おばあちゃんの庭で抱き合ってたのは、彼からだったのかな。私にはまだ気を使っているけど、亜里砂ちゃんにはあんなに情熱的で大胆にふれていたの？　私の頭を撫でたのは、子供扱いしていただけ？

今まで独身だったのは、亜里砂ちゃんに相手にされなかったから？　もしくは遊ばれて、傷心だったから？

思考が堂々巡りになっていく。気にしてしまうのは、きっと自分に自信がないからだ。外見も今一つだし、はっきりものが言えるような、堂々とした強さもない。

放っておくと膨らみそうな不安を追い払うように、私は大きく首を振る。

それでも、彼は私がいいって結婚を決めてくれた。過去は過去。今日は一生に一度の晴れの日だもん。この幸せを嚙《か》みしめなきゃ。

そう自分に言い聞かせると、この日を迎えられた喜びが全身から湧き上がってきた。

第三章
まだまだ前途多難

「わあ、咲良も旦那《だんな》さんも素敵だねえ。ねー、亮《りょう》」

結婚式を終えた一週間後、親友の芽依《めい》がお祝いしたいと言うので、写真を見せに行った。

芽依は私と中学の時からの友達で、明るくさっぱりした性格。いつも笑顔で、フェミニンでかわいらしい子。肩まで伸びたふわふわの髪に、愛くるしい瞳。オシャレについてもいろいろ教えてくれるし、一緒にいて癒される。

昨年幼馴染《おさななじ》みの亮くんと結婚し、幸せ真っ只中。

結婚と同時にマンションを購入し、二人の写真だらけの家は幸せに満ち溢れている。

私と芽衣がリビングのソファに座って写真を見ている中、亮くんはキッチンでお菓子の準備をしてくれていた。

彼は少し垂れ目のさわやかなイケメンだ。この若さで飲食店を経営しているらしく、料理の腕は抜群。

「芽衣のリクエストで紅茶シフォンケーキを作ったんだ」

「わあ、美味《おい》しそう！　マグカップもありがとうございます」

二人がプレゼントしてくれたマグカップは、紫色の桔梗柄。オーダーメイドで作ってくれたらしい。

「ね、亮。咲良の旦那さん、色気あるよね」

「おー。クールな感じでカッコいいね」

二人が梗介さんをお世辞みたいに褒《ほ》めてくれるから、ちょっぴり不安になる。

「……本当？　こんな素敵な人の隣に、私がいていい？　こっちの美人のほうがお似合いじゃない？」

集合写真の亜里砂ちゃんを指差すと、芽依は面食《く》らった様子で、亮くんと顔を見合わせてから噴き出した。

「この人も確かに綺麗だけど、咲良も幸せそうに微笑んでいてかわいいよ」

「でも、その……もしかしたらこの二人、昔つき合っていたのかどうか怪しくて」

以前、二人の抱擁を目撃したことを話すと、芽依たちは少し驚いて顔を見合わせた。

「親戚でそれって気まずいかもなー」

亮くんは眉間に皺《しわ》を寄せて、小さく唸《うな》る。

法事以外はあまり顔を合わせることもないだろうけど、確かに困るかもしれない。

二人が会話しているだけで、どす黒い感情が芽生えたらどうしよう。どんどん性格が悪くなって、彼に嫌われてしまうかもしれない。

「たとえ昔つき合っていても、最終的に梗介さんは咲良を選んでくれたんだから、堂々としていればいいと思う。咲良のいいところ、ちゃんと見てくれてると思うよ。でも、心配なら咲良も私と一緒に自分磨きして、自信がない部分をなくそう。私も今、頑張ってるよー。夜ご飯に炭水化物抜いてるだけだけど」

芽依はかわいく舌を出した。

確かに芽依は亮くんと結婚してから、ますますかわいくなった気がする。

「結婚したからって気をゆるめずに、ダーリンの前ではいつもかわいくありたいって意識してれば、少しずつ変わると思うんだよ。ね？」

芽依の言葉に私はうんうんと頷く。

確かにそうだ。恋愛結婚ではない時点で安心できない。毎日顔を合わせるんだから、日々努力することは無駄じゃないはず。

ただでさえ、祖母の庭で鼻に土をつけるほど、女性らしさとは無縁の姿を見せてきた。亜里砂ちゃんみたいに綺麗な女性にモテすぎて、私みたいな平凡な人間が珍しく思っただけかもしれないし。

「頑張ってみる。まずは外見を磨かなきゃ。神前式だったから着物で隠れたけど、スタイルには自信がないし、朝は髪が爆発してるうえ、化粧してない顔で幻滅されたくないし。それに健康的で美味しいご飯も作れるようになりたい。あと、いつも人に流されがちだけど、ちゃん自分の意見を持って発言できるようになりたい」

欲張って、なりたい自分をどんどん羅列してしまう。

「うんうん。ところでぇ」

芽依がかわいく首を傾げて意味深な目を向けてきた。肩まで伸びた髪が、大きく揺れている。

「スタイル云々《うんぬん》、化粧云々ってことは、初夜はまだなの？」

「しょっ！　えーっと、その……」

顔からボッと火が出たかのように熱くなる。シフォンケーキを切り分けていた手が動揺でせわしなく動き、いつの間にかみじん切りみたいに細かく切ってしまった。

亮くんは、空気を読んで用もなくキッチンのほうへ逃げてしまった。

うう。す、鋭い……。

芽依のセリフは図星だった。

というのも、結婚式の日は、披露宴のあと祖母が興奮しすぎて発作を起こし、そのまま讃良病院へ連れていって彼と朝までつき添った。その後も今週日曜の私の引っ越しに向けて準備で忙しく、二人でゆっくり過ごす時間がなかったからだ。

「……まだ」

『忙しかったから』なんて言い訳しようとして、口を噤《つぐ》む。

実際は、忙しさなんて関係ないのかも。そんな雰囲気にもならなかったし、彼も全くそんな気になってないかもしれない。

ここ数日間を振り返り、ああだこうだと考えていると、芽衣がクスクス笑いだす。

「さっきから面白いぐらい表情がコロコロ変わるね」

「芽衣っ」

恥ずかしくなって、芽依に咎《とが》めるような目を向ける。

「しばらく引っ越しで忙しそうだし、その間にダイエットできるじゃん。頑張ろう。今日はダイエット前、最後の炭水化物デーにしようよ。大変だけど、頑張ろうね」

芽依は微笑む。

「でも一番大事なのは、咲良の『旦那さんが好き』っていう気持ちだよー。どんなに自分磨きが大変でも、イライラして旦那さんに当たったりしちゃダメだよ」

芽依曰《いわ》く、ダイエットがキツくて亮くんに八つ当たりした過去があるらしい。

温かい助言を肝に銘《めい》じて大きく頷く。自分がやると決めたことだ。彼に心配させたり迷惑かけないようにしよう。

時々、不安になることもあるけど、私が勝手に亜里砂ちゃんに劣等感を持っているだけ。私の思考回路がよくないんだ。

頑張る。余計なことを気にしなくていいように頑張るしかない。

「ありがとう。芽依」

「全然。落ち着いたら四人でダブルデートでもしようね。高身長の旦那さん、見上げてみたーい」

クスクスと笑う芽依に、本当に励まされ勇気づけられた。

新婚生活を始めるうえで、私の目標が決まった瞬間でもあった。

＊＊＊

日曜日。今日はいよいよ梗介さんの家に引っ越す日だ。

梗介さんは忙しいのに、わざわざ私の家に手伝いに来てくれた。

母や祖母が家具は二人で相談して購入すればいいと言うので、服や仕事道具など身の回りの物だけを運ぶ。

母たちも新居の家具は現地で揃《そろ》えるらしいので、親戚が必要な家具以外は、大方処分してしまっている。

どの部屋を開けても、がらんとしていて少し寂しい。父としては海外での仕事は楽しみのようだし、ここで私が感情的に泣くのは、楽しい気分を壊してしまう。頑張って笑っていなくては。

母たちも来週にはロサンゼルスへ行ってしまう。それまでは笑顔で見送りたい。

空っぽになった部屋を、廊下からただただ眺めていると、階段を上がってくる足音が聞こえてきた。

「咲良さん。荷物全部車に入れたよ。あれで全部？」

慌てて振り返ると、腕まくりをしながら階段を上がってくる梗介さんが、私の顔を見て首を傾げた。

「今にも泣きそうな顔」

「えっ？」

両手で顔を覆い隠したけれど、観念して指の隙間から梗介さんを見る。

「……いや、引っ越しが嫌なんじゃないんですよ！　梗介さんの高級マンションは緊張しますけど」

梗介さんから、祖母の家の近くに土地でも買おうかと、スケールの大きな提案をされたが断った。

彼のマンションから祖母の家まではバスで十五分。

これ以上の立地はないし、贅沢《ぜいたく》は居心地が悪い。それに私の部屋にするために、一番日当たりのいい部屋を掃除したと話す梗介さんに胸がいっぱいになった。

私はこの喜びを彼に伝えられるだろうか。同じぐらいうれしい気持ちになってもらえるだろうか。これからの生活を思うと、ワクワクした感情が込み上げてくる。

「でも、私、この家にはもう帰ってこられなくなっちゃうんだなあって、少し寂しくて。ほら、私の部屋の柱には身長の高さを刻んであるし、遅刻しそうで階段から落ちた時に、壁をへこませた跡があったり……」

何気ない傷や汚れだけど、いざ見回してみると思い出が溢れていた。

「……両親には内緒ですよ。海外に行くのを楽しみにしているのに、水を差したくないんで」

「優しいな」

彼は苦笑しながら髪をかき上げ、視線をさまよわせる。

彼はこれから一緒に住む相手だし、引っ越しの手伝いまでしてくれているのだから、伝えるべきではなかったかもしれない。

嫌な気持ちにさせていないか心配していると、彼の大きな手が伸びてくる。そして私の髪を撫でて、背中まで下りてくると引き寄せられた。

「君が俺のそばで、これからも本音を言ってくれるとうれしい」

「も！　もちろんです。でもっ……」

「でも？」

「ちょっと……顔が近い、かもです。心臓が破裂します！」

情けないほど裏返った声で伝えた。

引き寄せられたまま、彼の整った顔を近くで見ると頬が熱くなる。

荷物を運んでた間に、化粧崩れてないかな。動きやすい服にしたからオシャレしてこなかったのを後悔した。

彼は無表情のままだけど、甘い雰囲気が伝わってくる。背中に回った手も温かい。

言葉も優しいし、眼差しは熱い。

彼がこんなに愛情を伝えてくるとは夢にも思わなかった。

「どんどん赤くなっていくのがかわいくて」

背中を触る彼の手に、力が入る。

逃げ出そうとバタバタするけれど、緊張して力が入らず、溺れたような情けない動きになってしまう。

「は、放してください」

くくっと笑う彼。

笑った顔まで素敵だけど、今はひどいです。

「っからかってたんですか！」

「真っ赤になりすぎて、俺のお嫁さんがタコになる前にやめておこうか」

「ひどいですっ」

頬を両手で隠して睨《にら》むと、彼の口元が微かにゆるむ。これは、意地悪な笑いだ。

「おーい、咲良ー」

突然、一階から父の呼ぶ声が聞こえてきた。

「母さんが、花壇の煉瓦のひび割れを見て泣きだしたんだー。来てくれ」

「ひび割れ……。私が小学生の時に自転車で突っ込んで、衝撃で壊れた部分だ」

「ヘーループー」

父の情けない声に、私と梗介さんは階段を下りて駆けつけた。

母も家の思い出を見つけてくれたらしい。寂しくなったのか、父に抱きついてわんわん泣いていた。

「もう。海外赴任ってだけでいつか帰ってくるかもしれないでしょう。うれしいことだらけなんだから泣かないでよ」

私が母を慰《なぐさ》めている横で、梗介さんは先ほどの私との会話を思い出したのか、大きく噴き出した。

彼を再び睨むと、今度は目を細めて微笑んでくれた。

家の片づけをひと通り済ませ、荷物も車に積み終えたので、私は梗介さんと一緒に、車で一時間ほどの距離にある彼のマンションへと向かう。

彼の家には、引っ越し準備のために一度だけ行ったことがあるけれど、バタバタしていたのでゆっくり見られていない。今日から私の家になるのだと思うと、緊張して落ち着かない。

車に乗り込むと、梗介さんの匂いがして胸が弾んだ。

柔軟剤の香りかな。柑橘系で清潔感のあるいい匂い。

先ほど梗介さんに散々からかわれたし、汗かいてないかな。大丈夫かな。

思い出すとまた恥ずかしくなって、両手でパタパタと顔を扇ぐ。

ただ車に一緒に乗るだけでこの有様。

隣の彼が、涼しい顔をしていてズルい。

やはり私だけが彼を好きで、からかって遊ばれているのではと疑いたくなる。

横顔をずっと見ていたら、彼が「顔に穴が開きそう」とうれしそうに一瞬こちらを見た。

「咲良さんのご両親を見ていると、君と同じで心が温かくなるな」

そう言う梗介さんの目元は柔らかく、お世辞ではなく本心から言ってくれているのが伝わってくる。

私も両親が大好きなので、うれしくて顔がにやけてしまう。

「へへ。自慢の両親なので、そこは否定しませんけど、でも梗介さん」

「何？」

少し首を傾げる仕草は、癖なのかな。『無関心じゃないよ』っていう意思表示みたいで、私はその仕草が好きなんだけど、今はそこではない。

丁寧な話し方が嫌なわけでもないけど――。

「『咲良さん』ってさん付けは、何だか背中がむずむずします。他人行儀じゃないですか？」

「それは君もだと思うが」

彼が目を丸くする。

「私はいいんです。でも梗介さんは、さん付けじゃなくて呼び捨てでいいんで」

私が呼び捨てなんて図々しいじゃないですか！

丁寧な梗介さんの話し方は素敵だけど、夫婦になるんだからちょっとワガママを言わせてほしい。いつも丁寧だと、かしこまってしまって緊張が解けない。

「なるほど。もっとぐいぐい来てほしいと」

うーんと、素直に受け入れてくれるのはうれしい。でも……。

「ぐいぐい⁉　いえ、そんな……それは、何か言い方が……。間違いではないのですが……」

露骨すぎる。でも今よりも大胆に攻められたら、私の心臓がもたない。寿命が何十年も縮みそう。

「善処するよ。咲良」

うわあ。甘い声に、気を失いそう。心臓が私の言うことを聞いてくれず、暴れてる。

梗介さんって声もいい。低い声なのに、色気が混ざると甘くて艶めいている。性格もいいし顔は文句なしだし、おまけに声までいいなんて。

「梗介さん、全部が素敵すぎます」

車の中で二人きり。

到着するまでにときめき死してしまわないかと不安だ。

今まで男性と接点がなさすぎて免疫がないのは確かだけれど、彼の場合はどんなに長く一緒にいても心臓は慣れてくれそうにない。

不思議そうにこちらを見た彼は、私の真っ赤であろう顔に気づいてくしゃくしゃに笑った。

悔しいようなうれしいような……。

一生分の運を使った私は今、とびきり幸せの中にいた。

＊＊＊

彼のマンションは、高級住宅地にほど近い地上三十三階、地下一階のタワーマンション。梗介さんのおばあ様が投資用に購入していたのを、梗介さんに贈与したらしい。

大通りからは見えないよう鮮やかな花で囲まれた、花壇の奥のエントランス。中に入るとフロアには打ち合わせスペースがあり、所々に有名な生花デザイナーのフラワースタンドがあり、色鮮やか。バイリンガルのフロントスタッフが二十四時間常駐していて、ジムやプールに屋上ルーフガーデンもある。バトラーボックスもあり、部屋から出ずにクリーニングやゴミ出しができるらしい。

荷物を台車に積んで、エレベーターで十二階まで上がる。扉が開くと、彼にエスコートされて新居へ。

ドアの前まで来ると、彼は台車を置いてポケットから鍵を取り出し、急に私に向かって両手を広げた。

抱きついてもいいのかな？

彼の瞳を見つめると、目元を滲ませて微笑むのでうれしくなる。

首を傾げつつも、ぽすんと彼の懐に抱きつく。

背中にしがみつくのが正解なのか、腰に抱きつくのがいいのか両手の行き場を探していると、小さく笑い声がこぼれ落ちる。彼の顔を見上げると「このかわいい生き物をどうしてくれようか」とまた微笑んでいた。

「え、抱きつくんじゃないんですか？」

手を上下にバタバタ動かすと、彼の声が低く甘くなった。

「まあ、抱きついてほしくて待ってる状態かな」

こんなふうに意地悪に笑う彼は初めてだ。

彼の整っている顔をぐっと首の後ろが痛くなるほど見上げていると、視界が反転した。

「ひゃっ！」

こ、これって……お姫様抱っこされてる？

思考が追いつかなくて、頬が熱い。いや、全身が熱い。きっと茹でダコみたいに真っ赤になっているに違いない。

「ヨーロッパでは新婚夫婦が新居に入る時、お姫様抱っこする風習があるんだと」

「お、お姫様抱っこ……。生まれて初めてされてます。重くないですか？」

絶対に重い。彼にこれ以上重たい物を持たせてしまったら、大切に育ててくれたご両親から刺されてしまわないかな。

「全然重くないよ」

彼は本当に楽そうに、私を軽々と持ち上げたまま器用にドアの鍵を開け、玄関に入る。

照れている私を見て、満足そうな彼。

普段は無表情の彼の、いろんな表情を見られてすごくうれしい。彼のポーカーフェイスしか知らない人たちに教えてあげたいぐらいだ。

玄関で下ろしてもらうと靴を脱ぎ、廊下を突っ切ってリビングの窓まで駆け寄った。

その風景に息を呑む。

窓から見えるのは、花畑やランニングコース、テニスコートなどがあるような、大きな公園。園内には、目が覚めるような色鮮やかなピンクの花が、一面に咲き乱れている。

……あれは、コスモスだろうか。

「素敵……」

「そ。俺も、忙しくて寝るだけの家なんてどこでもいいから身の丈に合ったマンションに引っ越そうかと思ったけど、あの公園も一ノ瀬さんの庭のように季節を感じられるだろ？　季節ごとにライトアップされて綺麗だから、ここが一番いいなと」

「はい。とても素敵です！　あのお花畑、冬は何を植えるんですかね。楽しみですっ」

素敵な花畑に魅せられて興奮ぎみに話すと、梗介さんはそんな私を見て、優しく微笑んでくれた。

「本当にここを手放さなくて正解だった。家には寝に帰るだけだったから、最低限の家具しかないんで、今度一緒に買いに行こう」

「はい。ぜひっ」

わー。梗介さんって何色が好きなのかな。家具を一緒に選ぶのも楽しいけど、何より梗介さんの好みがわかることがうれしい。

一度案内されているので、家具やベッドの色は何となく覚えている。梗介さんの部屋のカーテンは無地の茶色だったっけ。

荷物置き場にしている部屋を私の部屋にしてもらい、あとは寝室と彼の部屋の3LDK。広い分、必要最低限しかない家はやや寂しい。リビングには、五人がけぐらいの大きなソファがあるが、それが逆に異質を放っている。

「あ、今日はソファで寝てもいいですか？　うちの親が布団は新しいのを買えって、ベッドも布団も処分してしまったので、新しいのを買うまでの間ですが」

「かわいいお嫁さんをソファに寝かせるわけにはいかないよ。一緒に寝よう」

「わー……い？」

一瞬何も考えずに喜んでしまったけど、固まった。

私が梗介さんと同じベッドで眠る。

……想像できない。彼に半目で眠る横顔を見られてしまう。すっぴんも見られてしまう。寝言を言ってしまうかもしれない。いや、そんな問題ではなくて、一緒に寝るとなると、夫婦だからもちろんのこと初夜があるわけだ。

一緒に寝よう？　それって、夫婦としてだよね？

ひゃあぁ！　もちろん、夫婦なんだから一緒に寝るのは当然。結婚式の日はバタバタしてたけど、今日は二人でゆっくりできるよね。

いざ直面すると緊張で鼓動が速くなり、汗も噴き出してくる。

私たち、いい歳してまだ頭にふれたり手を繋ぐことしかしていない。今日から一緒に住むとなると夫婦として当然そうなるよね。

「これからずっと過ごすんだから住みやすいように家具は揃えよう。明日当直だから、あさって昼から時間がある。咲良は休み？」

「えーっと」

全然頭に入ってこない。『初夜』というワードが私の頭の中を占めてしまい、何も考えられなくなる。

「咲良？」

私の顔を覗き込む梗介さんを見ることができない。

「ごめんなさい。緊張してわからなくなってきました。あさってって何曜日だろう」

自分の両手を見ると、手まで震えてきている。

彼はクスッと小さく笑うと私の手を握ってきた。

別に梗介さんは狼でもカッコいいから大丈夫なんだけど、問題は私の貧相な身体。

そして今日はどんな色の下着だったか思い出せないってこと。変な色は持ってないけど、子供っぽい安っぽい下着しか持っていない。

せめて大人っぽい色の物を着てくればよかった。

「普通の恋愛より、俺たちは急いで夫婦になったから、君の気持ちの整理が着くまで待つよ」

彼にポンポンと頭を撫でられる。

考えを読まれていたみたいで、身体中の熱が顔に集まってくる。

申し訳なさと同時に安堵してしまう自分が情けない。彼のことは大好きだけど、身体をさらす自信がない。

せめてぽこっと出たお腹を引っ込めてからでないと。あと、魅力的な下着を用意して、新生活にも慣れてからがいいな。

頭の中でいろいろと理由を並べてしまう。

ずっと家の中にいても変に緊張してしまうので、私たちは再び車で外へ。

彼が近くのスーパーやコンビニなど、商業施設を簡単に紹介してくれて、調味料や食材も購入した。

帰りに、マンションから見えた公園のそばを通る。

一周してもらったが外周だけでも五百メートルほどあり、周囲をジョギングしている人がちらほらいた。

園内には桜や梅の名所もあり、コスモスは十万本植えられているらしい。整備された木々の中、風に揺れるコスモスが所々見えてとても綺麗。

私が目を輝かせて眺めているのに気づいてくれた彼が、「引っ越しが落ち着いたら二人で散歩しようか」とうれしい提案をしてくれたので、何度も頷く。

その後、梗介さんは公園のすぐそばにある花屋の前に車を停めた。

部屋に飾る花でも買うのかなと思い、彼を見る。

「ちょっと待ってて」

梗介さんはそう言い残し、車から降りて店の中へと入っていく。

彼と結婚できて、一緒に暮らしていけるだけでも夢のようなのに、家の近くにこんな素敵な公園と花屋があるなんて、さらにうれしい！

一人でにやけながら喜びに浸っていると——。

「お待たせ」

不意に助手席のドアが開いたかと思うと、目の前には色鮮やかでかわいい花束。

え、お花？　私に……？

突然のことにキョトンとしていると、背の高い彼が、私の反応を見ようと顔を覗き込んできた。

「君のために選んだって言うと、ちょっとキザかな」

照れくさそうに言う優しい声。

甘いセリフにドキッとした私は、首を大きく横に振る。

「いいえ！　うれしいです！　枯らさないでずっと抱きしめていたいぐらい」

男性から花束をプレゼントされるなんて初めてで、思いも寄らない出来事に胸がいっぱいになる。

私のために、わざわざ用意してくれてたのかな。

彼が選んでくれたのは、小さくてかわいい花ばかり。ガーベラ、トルコキキョウ、アルストロメリアにカスミソウ。色合いもピンクや黄色など、明るい色ばかりだから、見ているだけで元気になる。

私のイメージ？　それとも、これからの二人の未来を表しているのかな……？

どちらにしても幸せで満たされる花束だ。

「ありがとうございます」

「どういたしまして。花瓶も買って帰らないとね」

うれしそうに弾んだ彼の声に、お花の甘い香りが車内を包む。

梗介さんが選んでくれた花束。

一生枯れず、花瓶の中で延々と咲いていてほしい。

「実は諦めてたんだ。花のある家。家に帰るのはいつも夜遅いし、下手したら何日も帰れない。だから、まめに世話をしてあげられないだろうなって。君みたいに鼻に土をつけてまで大事に育てられないだろうって」

確かに梗介さんの家は、モデルルームのように綺麗だけど、がらんとして殺風景でどこか寂しかった。このかわいらしい花たちがダイニングのテーブルに飾られるだけで、ぱっと明るくなるに違いない。

「私が責任持ってお世話します。一緒に大事に育てましょうね」

うれしくて花の中に顔をうずめたら、かゆくなって顔を上げた。

その先には、目を細めて優しく笑う梗介さん。

その綺麗に整った顔を眺めていたら、彼の顔が少し傾き、だんだんと近づいてくる。

そして私の唇にふれた。

「――っ」

心も、心臓も、すべて奪われたかと思った。もう私のものではない。彼に操られてしまっている。

優しくて、とろけてしまいそうな口づけだった。

彼から私にふれてくれたのがうれしかったし、うっとりと目を閉じて、彼との初めてのキスに胸が高鳴っていた。

花の香る満たされた時間。

私はこの幸せを大事にしたい。この幸せが崩れないように、頑張ろう……!

第四章
新婚生活

スタートはよかった。

家具や身の回りの物を揃えたり、家事の合間に手がふれるだけで笑ってしまったり。

こんなふうに優しい時間が増えると思っていた。

今まで母が作っていた料理を手伝うぐらいのことしかしてこなかった私の料理を、彼は美味しいと言ってくれた。

味覚がおかしくなるくらい味見していたから、その言葉に安堵し、幸せを噛みしめていたけれど……。

新婚生活が始まって三週間が経った今、彼の仕事が忙しくなってきた。

学会に出るため出張したり、夜中に患者さんの容態が悪化して呼び出されたり、緊急手術が入ったり……最近は家にいる時間が少ない。

私が彼にできることといえば家事くらいだけど、手料理を食べてもらう機会も減って寂しい。仕事を頑張る彼を尊敬しているので我慢するしかないけれど……。それでも、もっと一緒に過ごしたいという気持ちが募る。

せめて、食事面から彼の健康をもっとサポートできたらなあ。

「津田さんっ……じゃなかった。讃良さん」

「美里ちゃんってば、まだ入籍前なのに、気が早いよ」

仕事の休憩中、料理のレシピでも検索しようかと思っていたら、一緒に休憩していた後輩の金井美里《かないみさと》ちゃんに声をかけられる。

かわいらしい童顔の彼女は、明るい茶髪でふわっふわの癖毛を肩まで伸ばした、今どきのオシャレな女の子。ふんわりしたしゃべり方で、私より二つ下だったかな。

美里ちゃんが新人の頃は、私が指導係をしていて歳も近いことから、普段からいろいろと話す仲。

結婚すると伝えた時も、まるで自分のことのように喜んでくれたけれど、まだ入籍もしていないのに、何かと新しい苗字で呼んでくるのにはまだ慣れない。

彼女はタブレットを差し出して、顧客リストについて質問してきた。

私は、ウエディングドレスの販売やレンタルを行う会社『HOchzeit《ホッホツァイト》』の東京サロンで働いている。

取り扱っているドレスは人気デザイナーの既製品もたくさんあるが、一番のウリはオーダーメイド。一年間の利用者は二千組を超える人気の会社だと自負している。

東京、神奈川、大阪、福岡にサロンがあり、一サロンの従業員は約四十名。東京サロンは一番大きくて、三階建てのオフィスには接客スペースのほか、商品を保管する倉庫や、撮影スタジオ、試着室などがある。

私は、主にオンラインストアの装飾品の在庫管理やドレスの試着・採寸等のスケジュール管理を行っている。八割が女性スタッフなので働きやすい反面、男性と接点がなくなった要因の一つでもある。

十二月の試着イベントの予定を二人で確認していると、向かいに座っていた美里ちゃんが私の顔をじろじろと見てくる。

「な、何かついてる？」

「失礼ですけど讃良さん、幸せ太りしました？　幸せオーラのせいで、そう見えるだけかな」

「幸せ太り……？」

片手で頬を覆うと、若干重い気がした。

すぐに採寸用の体重計に乗ると、腰を抜かしそうになった。

「一キロ太ってる……」

「大して変わってないじゃないですか、一キロなんて誤差ですよぉ。ご飯食べ終わったばかりだし。ただの幸せオーラでした～」

美里ちゃんはフォローを入れてくれるけれど、私はショックでしばらく固まってしまった。

彼に嫌われないよう、飽きられないよう、ダイエットしてるのに。

思い当たるのは、引っ越しにより会社や祖母の家が近くなり、歩く距離が減ったこと。また、夜ご飯の味見が多すぎたこと、彼の帰宅に合わせて夜ご飯の時間が遅くなったこと……。

一緒に食事はしたかったけど、しばらく抜くしかない。まだ全然努力が足りてなかった。

「讃良さんってば。私はただ幸せそうで羨《うらや》ましいって思っただけで」

私の顔色を窺い、必死でフォローする美里ちゃんに、へらりと笑う。

「いいの。自分に喝入れなきゃいけないのに、私、逃げていた。もっと綺麗にならなきゃ」

「えっ？　そのままで充分かわいいですよ」

首を傾げて、不思議そうに言う美里ちゃん。

自分より若くてかわいい子に言われても、説得力はない。

私、彼と会えないことばかり考えていて、自分磨きが疎かになってた。

「そういえば提携先の式場、今年はマリアベールの注文が多かったんで管理大変ですよね」

落ち込む私に、美里ちゃんはさりげなく話を変えてくれる。

これ以上後輩に気を使わせるべきではないので、私も気持ちを切り替える。

それでも私のお昼ご飯は、明日からサラダ決定だ。

＊＊＊

美里ちゃんの発言を受けて、今日は祖母の家まで行くのにひと駅分歩いた。少し遅くなったけど、祖母の診察時間はまだしばらく先のはず。

「梗介さんの車だ」

いつもは診察の五分前に現れる彼の車が、もう到着している。珍しい。

梗介さんは昨夜、病院で仮眠をとったらしく、今朝帰ってシャワーを浴びるとすぐに職場へ戻った。

一瞬顔を合わせただけだったから、今日はここでゆっくり会えるのがうれしい。疲れているだろうに時間より早く来るなんて意外だった。

今日は先週、肥料を混ぜて寝かせていた土をネコ車で花壇に運んで混ぜたい。

「あら、いらっしゃい」

「おばあちゃん」

祖母が東屋から手を振っている。

よく見るとテーブルには大量の紙袋があり、髪には真っ赤なハイビスカスの髪飾り。

祖母は乙女のように頬を染めてにこにこ笑っている。

「誰か来たの？」

「亜里砂ちゃんよ。あなたへのお土産《みやげ》ももらったわよ。グアムとバリに行ってたらしいわ」

「へえ。すごーい。お花も綺麗」

祖母は満足そうに微笑むと、きっちり閉まったドアを見る。

「まだ家の中にいるわよ」

「亜里砂ちゃんが？　……えっと梗介さんも？」

「ええ。奥にいるはずよ」

梗介さんがいつもより早くやってきて、家の中で亜里砂ちゃんと二人っきり。

それだけで、昔二人が抱き合っていた光景が頭をよぎり、血の気が引いていく。

恐る恐る玄関をノックしたけど、反応はない。

いつもより重く感じるドアを開ける。

窓から入ってくる光でシャンデリアが輝き、家の中をロマンチックに演出している。

玄関には、亜里砂ちゃんのハイヒールと梗介さんの靴が少しだけ離れた位置に置かれている。きちんと揃えられている梗介さんの革靴と、脱ぎ散らかった亜里砂ちゃんの靴。

まるで彼の靴を見つけて、慌てて脱いだように見える。

「あはは。やっぱあんたって最高じゃん」

二階の客間から聞こえてきたのは、亜里砂ちゃんの声だった。いつもより高い声で楽しそうに笑っている。

二人っきりだ。

嫌いな相手とは、二人っきりで話したいとか思わないよね。一体何を話しているんだろう。

恋愛経験の乏しい私には、二人の気持ちがわからない。様子を見に行こうと怖々と階段を上り始めるも、手すりを握った手が汗でしめる。

「反吐《ヘド》が出るな」

――え？

凍りつきそうな低い声に、階段の踊り場で足が止まる。

「二度とつまらない話で呼び止めるな」

今の低い声って梗介さん？

「はあ？　何それっ。私はさあ、本当のことしか言ってないじゃん」

「浅はかで分析能力もない。プライドだけで生きてきたのか？」

「何それ、むっかつく。待ちなさいよ」

亜里砂ちゃんも怒っているけど、彼の声はもっと怒気を含んでいる。

「ちょっと！」

亜里砂ちゃんが叫んだのと、彼がドアを開けるのはほぼ同時だった。

無表情の彼の横顔は残酷なほどに美しく、少し怖い。

私には甘く優しい顔しか見せてこなかった彼の、意外な一面に戸惑う。

そして彼も、固まっている私を見て目を大きく見開いた。表情を変えない彼らしくない。

「えっと……」

何を言えばいいのかわからず、視線をさまよわせた。

「今の話、聞こえた？」

「いえ、な、何だか上から声がするなって思って、階段上って……その……」

汗が噴き出る中、しどろもどろに話していると、彼の後ろから亜里砂ちゃんが顔を覗かせる。祖母と同じ赤いハイビスカスを髪に飾り、タイトで真っ赤なワンピースにサングラス。まだ旅行気分が残っている服装だ。

「まじあり得ない。……ほんと、あんたって男運もないのね」

眉を吊り上げていた亜里砂ちゃんは、私に憐《あわ》れみの目を向けてきた。そして、「お土産あげるから」と言ってもう一度奥に引っ込み、紙袋をたくさんつかんで戻ってくる。

「はい。私厳選。結婚祝いにたくさん買ってきてあげたわ」

「あ、ありがとう」

「もっと感謝しなさい。ブランド品よ、あんた持ってなさそうだったから。日本じゃ売ってない型とデザインばっかよ」

亜里砂ちゃんは紙袋を開けて、中のブランド品を説明しだした。

梗介さんは私に一度視線をくれただけで、祖母の診察へと向かう。

追いかけたかったけど、亜里砂ちゃんの旅行の思い出話やお土産の説明を遮《さえぎ》るわけにもいかず、彼の背中を目で追いかけるのがやっとだった。

亜里砂ちゃんのほうへ視線を向けると、もう飄々《ひょうひょう》としている。

「あ、亜里砂ちゃん、さっき梗介さんと何を話してたの？」

「えー？　ああ。むかつくから話さない」

「えっ」

目をパチパチさせて固まっていると、亜里砂ちゃんは廊下の壁に寄りかかり、前髪をかき上げた。

「男って態度をコロコロ変えるから、あんたも気をつけなさいよ。特にあんたの旦那」

それって梗介さんのこと？

まるでいろんな梗介さんを知っているような言い方に、背筋が凍る。何か尋ねれば、知りたくないことを次々に知らされそうで、怖い。

「でも、気をつけるって、何を？」

不安そうな私を見て、溜飲が下がってきた亜里砂ちゃんは、意地悪モードに突入したようだ。

「私みたいに、常に綺麗で魅力的で美しくあることね」

ふふんと髪を撫でながら、自信満々に言われた。

魅力しかないような亜里砂ちゃんに言われると、ぐうの音《ね》も出ない。説得力がある。

「あ、もう行かなきゃ。私、友達がお帰りパーティーしてくれるらしくって、迎えが来るからさ」

「うん。お土産ありがとう」

亜里砂ちゃんはサングラスを頭の上にかけると、ウインクしてきた。

「うんうん。あんた顔は美人じゃないけど愛嬌あるからね。もしあの男が嫌な態度とったら、私が殴ってあげるわ」

そう言って亜里砂ちゃんは、旅行鞄を取りにまた部屋に引っ込んだ。

『美人じゃない』と言われるのには慣れているし、本当のことだからいい。それより、亜里砂ちゃんと梗介さんの接点が気になる。

昔から祖母は、遠出する時よく主治医を同行させていたし、お祝いの席やパーティーに、讃良病院の院長や梗介さんが来ていたこともある。

そこで亜里砂ちゃんと接点があったのかもしれない。若く美人で、一ノ瀬家の自慢の孫娘。注目を浴びる彼女と、一ノ瀬家と縁の深い讃良家の梗介さんが会話をしないわけがないよね。

私よりも彼のことを知っている亜里砂ちゃんが、あんなに笑ったり怒ったりできるってことは、やはり仲がよかったってことかな。それなのに、どうして彼はあんなに冷たい言葉を吐いたんだろう。

私は優しい梗介さんしか知らないから、疑問しか浮かんでこない。

頭の中でぐるぐる考えていると、亜里砂ちゃんが戻ってきた。

「お迎えが来るまで、お茶淹《い》れようか？」

気を利かせて言ってみるものの、亜利砂ちゃんは首を振ると、窓のほうへ視線を向けた。

「迎えが来たみたい。見える？　あの左ハンドルのスポーツカー。目立つしカッコいいし、私が乗ると映えるんだよね。じゃあね」

ジェルネイルが鮮やかに施された手をひらひら振って、亜里砂ちゃんが階段を下りるので、私も慌ててついていく。

そのまま診察中であろう祖母の部屋のドアを開け、祖母に投げキッスをして、梗介さんには舌を出し、嵐のように去っていった。

やはり地味な私にとっては、綺麗で場を華やかにしてくれる亜里砂ちゃんは憧れだ。

私みたいに引っ込み思案な人間にも気さくに話しかけてくれるし、はっきりものを言うところもカッコいい。

「一ノ瀬さん。いつもより脈拍が高いですね」

亜里砂ちゃんの訪問やお土産にテンションが上がってしまった祖母の背中を、梗介さんが優しく撫でている。

梗介さんは思いやりのある温かい人。相手の地位や容姿で態度を変えるような人じゃない。

その梗介さんと、私の自慢の従姉である亜里砂ちゃん。

亜里砂ちゃんは何でもズバズバ言ってしまうから、寡黙で表情が出ない梗介さんとは噛み合わず、すれ違っているだけ？　それならいい。合う人、合わない人はいるから仕方ない。

でも、もし――。

気持ちが冷めてしまった恋人として、彼が亜里砂ちゃんに冷たい態度をとっているのだとしたら、胸がざわつく。

あの亜里砂ちゃんにさえ、心が離れてしまったのなら、私なんかすぐに飽きられちゃうかも。そうなったら私に対してもあんな態度をとるんだろうか。彼に嫌われたくない。彼の気持ちが失われてしまうのが怖い。

私は気持ちを切り替えるように、首をブンブンと横に振る。

亜里砂ちゃんと梗介さんに何があったのかは、今の私には関係ないこと。私は自分を磨くことに専念しなくちゃ。

普段は使われていない、二階の客間へ向かう。

先ほど、二人が言い争っていたところだ。ここには私や亜利砂ちゃんの着替えが置いてある。

ウォークインクローゼットの中に入ると、亜里砂ちゃんのワンピースが数枚と私の作業用のジャージが並んでかけられていた。

亜里砂ちゃんは、高級ブランドのワンピースを購入しては、親にお金の使い方をうるさく言われるらしく、ここに隠している。

クローゼットに収納する服でさえも、私たちは正反対だ。

「咲良」

ジャージを睨んでいると、ドアの向こうから彼の声がした。

「え、ああっ。着替えてますっ」

部屋をノックされ、思わずジャージを床に落としてしまうほど飛び上がってしまった。この挙動不審もどうにかしたい。

「どうしました？　へへ」

ジャージに着替えて苦笑いしながら登場した私に、彼は表情一つ変わらず、視線を一度さまよわせるだけだった。

「今日も遅くなるので、食事は大丈夫」

「わかりました」

「もう少しすれば、落ち着くと思う。年末ぐらいには」

ってことは、あと二ヵ月はまだこのすれ違いの日々が続くのかな。

「そうなんですね……」

私はとても寂しいけれど、彼は平然としている。

これからの生活、きっとこれが当たり前になるんだろう。慣れなきゃいけない。

沈んだ気持ちを隠すように、微笑んだ。

「うちもクリスマスは注文が多くなるし、イベントで忙しいんです。年末はゆっくりできればいいですね」

「そうか。無理しないように。さっき顔色が悪いように見えたから」

彼は優しく目を細めてそう言うと、時計を一度確認した。

「何か手伝うことはあるか？」

首を振る私。梗介さんが睡眠をあまりとれていないこと、夕方の診察時間が迫っていることを知っているから。

「今日は、肥料を撒いて水やりするだけなんで大丈夫です。十分ぐらいで終わって、祖母とケーキ食べながらお茶飲んだら帰ります」

笑顔で手をひらひら振って、のんびり過ごすとアピールした。

彼は私の心のうちを探るようにじっと見つめてきたが、信じてくれたらしく、目元をゆるめて頷いた。

「すまないな。明日は早く帰れると思う」

「はい。お仕事頑張ってくださいね」

いい子ぶった発言。本当はもっと一緒に過ごしたいのに。

二人の時間が少なくて、彼が怒った部分さえ見たことがない。本当の彼に、まだふれられていないんじゃないかな。

梗介さんを見送ろうと、彼と一緒に一階に下り、外に出て駐車場の前まで行く。

「じゃあ行ってくる」

そう言って車に乗り込む梗介さん。

私は寂しさを抑えながら、仕事へと戻っていく彼の車に手を振った。

その後はキッチンでおばあちゃんとのティータイム。

亜里砂ちゃんがお土産で持ってきてくれた有名なクッキーに、梗介さんが差し入れてくれた『一梗』のミルフィーユとモンブラン。どれも悲鳴を上げて喜ぶほど美味しそうなものばかり。

「紅茶にしましょうか。コーヒーがいいかしら。ケーキはどちらか迷っちゃうわね」

「おばあちゃん、どっちも食べていいよ」

私の発言に、祖母が目を丸くした。

「何で？　どっちも美味しそうじゃない」

「実は……最近、食べすぎて太っちゃって」

お腹の肉をつまみ、情けないながらもへらりと笑った。

「ええ？　全然太ってないわよ」

不思議そうな顔でこちらを見つめる祖母。

「本当にいいから、おばあちゃん食べて」

「……いいの？」

再度勧めると、祖母はケーキを二つ食べられることを期待して、乙女のように目を輝かせた。

「うん。紅茶でいい？　おばあちゃんはケーキを食べて安静にしてて。私は花壇に土を混ぜて耕してくるから」

「……あなたってば、結婚してからも変わらないのねえ」

その言葉が、少し胸を突き刺した。

そうだ。変わっていない。魅力的にならなくちゃいけないのに。見た目だけでなく中身も磨いて、梗介さんの隣に並ぶのにふさわしい女性になりたい。

その日は、いつも以上に念入りに腰を入れて花壇を耕した。

第五章
空回りしたけれど、一歩前進

三日後、体重計に乗ると一キロ減っていた。とはいえ増えたのが減っただけだから、これからだ。

まず朝ご飯は抜いて、お昼ご飯はサラダのみ。夜ご飯は味見だけで、なしにしてみよう。

今日から通勤もひと駅手前で降りて、その分歩くことにした。

今日は、クリスマスイベントの衣装撮影の配置分けの会議がある。

お腹が鳴らなければいいけど。

「讃良さん、このマリアベール、返却されたんですけど破損してます」

「嘘、どこ?」

レンタル先から戻ってきたマリアベールは、十メートルもある人気商品。タレントがデザインした花柄の美しい刺繍《ししゅう》に、派手にちりばめられたラインストーンが後ろで上品に輝く。

しかし、そのラインストーンが、所々はがされている。

「お客様によると、招待したご友人の子供たちが引っ張ったそうです」

「……綺麗だものね」

でもこのお客様、写真撮影のみのレンタルだったのに、披露宴をしたってことか。誓約書違反なので、保険適用外で保険が下りないかもしれない。下りたとしても、一番安いプランだったから頭が痛くなる。

綺麗な衣装で、撮影はきっと楽しかったであろう。水を差したくないが、補償外の料金が発生した場合、電話でお伝えしなくてはいけないから胃がキリキリ痛む。

一生に一度しかない式なのだから、衣装も大切にしてほしかったな。

しんみりしていたのに、私のお腹がそれを許さない。

お腹を押さえつつ、破損について話し合うため保険会社に電話する。

その後、弁償についてはお客様とトラブルになることなくスムーズに話が進んでくれたので、それだけは救いだった。

＊　＊　＊

「遅くなっちゃった」

今日は破損したマリアベールの対応や、クリスマスイベントの準備で忙しかった。

インフルエンサーがSNSでうちを紹介してくれたらしく、今年は例年の数倍の予約があり、保険や誓約書の見直しの話し合いが長引いてしまった。

梗介さんが当直明けで家にいるから、せっかく二人でゆっくり夕食を食べられるのに。こんな時、パパッとできて美味しい料理は何だろう。

夕食を一緒に食べる今日は、朝も昼も野菜ジュースのみにしていた。

「ただいまですっ」

急いでドアを開けると、明かりはなく静まりかえっている。

リビングに行って電気をつけると、ソファに座ったまま眠っている梗介さんの姿があった。

いつから眠っているんだろう。

彼の足元には縛った雑誌の束があり、畳んだ段ボールがソファに立てかけられている。

もしかして、休みなのにずっと放置していた荷物を片づけていたのかな。ゆっくり休んでいてくれればいいのに。

ソファの横に開いたままの段ボールがあったので、覗くつもりはなかったけれど見えてしまった。

一ノ瀬製薬会社の社内誌だ。

何でこんなものが梗介さんの荷物の中に？

一ノ瀬製薬会社の会社案内の資料もある。讃良病院の跡取りである梗介さんには必要ないものだ。

取っておくために避けていたのか、まだ整理していないだけなのかわからない。人の荷物だけど、祖母の会社の社内誌ぐらい、いいかなと思い、手に取って開くと固まった。

そこには亜里砂ちゃんの姿。イメージモデルとして写っていて、採用された時のインタビューも載っている。どこを見ても、亜里砂ちゃんだらけ。採用パンフレットの表紙も、モデルとして亜里砂ちゃんが載っている。

もしかしてここにあるのは、すべて亜里砂ちゃんが載っている雑誌？　どうして梗介さんが持ってるの？

二人が抱き合っていたことも、梗介さんの亜里砂ちゃんへの冷たい態度も、私の中でずっと燻《くすぶ》っていた。ずっと抱いてきた淡い恋心が、今は靄《もや》に包まれて自分でもどうしていいのかわからない。不安に押し潰されそうになる。

「……あれ、帰ってたのか」

彼が目を覚まし、無表情のまま立ち上がって伸びをする。

「おかえり。どうした？」

強張《こわば》っている私の顔を覗き込む彼。

今、何か言うと声が震えてしまう。気になるのに、知るのが怖い。

「顔色が悪い。具合でも悪いのか？」

心配そうな目を向けてくれるが、身体が動かない。目を見て話せない。

「……さんは」

こんなこと、聞きたくない。亜里砂ちゃんなんて関係ない。私が自信を持てればいいだけなのに。

それなのに、押さえ込んでいた不安が爆発してしまいそうだ。

「梗介さんは……」

喉はカラカラで、パンフレットを持つ手が震えている。

手を強く握りしめたために、パンフレットが小さくくしゃっと音を立てた。

「梗介さんは、亜里砂ちゃんとどんな関係だったんですか？」

私の言葉に、彼は黙ったまま眉間に皺を寄せる。

それだけでは、彼の気持ちが見えてこない。

「この前、亜里砂ちゃんにすごく冷たい言葉を吐いてましたよね。あんな梗介さん初めて見た……。何があったんですか？　それに……梗介さんが、亜里砂ちゃんが載ってる社内誌だけ持ってるの、変です」

少し呆然とした様子の梗介さん。

……恋人だったの？　そうだとしても、恋人だった相手にあんな態度をとれる人なの？

私が重たい土を運んでいたら必ず手伝ってくれたし、雨の日や風の強い日は、一緒に庭園の様子を気にしてくれた。そんな優しい人が、亜里砂ちゃんにあんな態度をとるのは不自然だ。

「俺は彼女には興味がない」

彼は私の手からパンフレットを奪うと、テーブルの上に放り投げた。

そんな乱暴な行動に、目が丸くなる。

「……でも、そんな人と抱き合うことってありますか？　私、梗介さんと亜里砂ちゃんが抱き合っているの、見たことあるんです」

その言葉に、目を見開く彼。

核心に迫るのではないかと怖かったけれど、この際全部聞くしかない。

「いや、それっていつの話？」

「数年前、おばあちゃんの庭園で……」

彼は放り投げたパンフレットをつらそうに見て、嘆息する。

「このパンフレットは、一ノ瀬さんがくださったものだ。孫がモデルとして会社に携わってくれるのがうれしかったらしく、俺にも自慢するように見せてきた。が、申し訳ないがその場で見ただけで、あとからきちんと中身を見たことはない」

本当に？　梗介さんはあんな綺麗な女性に、全く興味が持てない人なの？　じゃあ抱き合っていたのは何？　どうして説明してくれないの？

やっぱりつき合ってたって考えるほうが、自然じゃないかな。だとしたら、隠さないでほしい。

半信半疑で彼を見つめる私に、梗介さんは唸るように言葉をひねり出した。

「少し公園を散歩しようか。過去のことについても、君が傷つかないように説明したい」

彼が私の手を握る。

なので、私もこくこくと頷くしかなかった。

マンションから見える公園の花畑はライトアップされ、今はコスモスが少し冷たい風に吹かれている。

＊＊＊

暦の上では立冬が過ぎ、寒暖の差が激しくなってくる秋の終わり。

上着を着てこなかった私に気づいた彼が、着ていたカーディガンを肩にかけてくれた。でも彼の顔はしかめっ面。そしてどこか苦しそうでもあった。

「俺は君をずっと不安にさせていたんだろうか？　ならば謝罪したい」

申し訳なさそうに言う彼に、私は大きく首を横に振る。

「いえ。わ、私……それでも梗介さんと結婚したかったんで、す」

ここまできたら、気持ちをきちんと伝えたい。

ずっと梗介さんが好きだった。好きだったから、二人のあんな光景を見ても、チャンスを逃したくなくてお見合いした。こんなにも不安になるのは、それだけ梗介さんを想っているから。

心臓がバクバク鳴る中、彼をじっと見つめる。

「私……私、庭園で一緒に庭いじりしてくれる梗介さんが、ずっと……す、好きだったので」

梗介さんの反応を知る怖さと緊張で涙腺がゆるみ、視界が滲む。

「その、だから、今は幸せで……でも、過去に亜里砂ちゃんと何があったのか、気になって……だから、そのあの……」

言葉がまとまらなくて、もどかしい。うまく伝えられているのか、自分でもわからない。

「嘘偽りなく、二人の関係を教えてほしい、です」

もし、亜里砂ちゃんに未練があって、あのパンフレットを所持しているのなら、私はどうしたらいいんだろう。ただただ、今の状況が苦しい。

コスモス畑の真ん中で足を止めた彼は、澄んだ瞳で私の顔をまっすぐ見据えた。

「興味がないことは事実だ。彼女は、自分に興味を持たない俺が気にくわなかったらしい。俺の反応を見るためか、彼女に抱きつかれたことはある。だが、それだけだ。俺と彼女の間には一ミリも何もない。連絡先さえ知らない」

亜里砂ちゃんに一方的に抱きつかれただけ？

不安で燻っていた心が少し軽くなる。

でも、じゃあ先日言い争っていたのは？

梗介さんはこの間の亜里砂ちゃんとのやり取りを思い出したのか、眉間に手を当てて
げんなりした様子で言う。

「非常に言いにくいのだが、嫌悪感すらある。自分の奥さんを悪く言われたから優しくできなかった。大人として浅はかな言動をした自覚はある」

〝自分の奥さん〟……。

うつむいて考えようとしたが、すぐに私のことだと気づき、ハッと顔を上げた。彼を見るだけで頬に熱が集まってくる。

「亜里砂ちゃんははっきり言うだけで、悪気はないんですよ。私のこと、きっと地味だとか平凡だとか言ったんですよね？」

「そうやって君が庇《かば》うだろうから、話すつもりはなかった。君はあの従姉を好いているみたいだし」

はあ、と深いため息をつく彼。

じゃあ、この間は私の悪口を言われて怒ってくれてたってこと？　私のためだったの？

温かい気持ちが溢れてくる。

「もう一度言うが、俺は彼女には興味がない」

〝興味がない〟――。

目を見てはっきり言われ、心の底で安堵してしまった自分がいる。と同時に私の中の価値観が揺さぶられる。

あんなに美人な亜里砂ちゃんに、興味が持てない男性もいるんだ。

目を丸くしていると、彼が少し拗《す》ねたような口調で言う。

「そこまで驚くことはないだろう。俺は君が好きなのだから」

「す……っ」

顔に身体中の熱が集まってくるのがわかる。今、絶対に茹《ゆ》でダコみたいに顔が真っ赤だろう。あわあわして両手を動かしていたら、右手をつかまれた。そして指先が絡まり、手を繋ぐ。

「先に君に言われてしまったが、好きだから結婚したんだ」

「ひぃ。待ってください。死にそうです」

鼓動が速くなりすぎて、本当に死にそう。

彼が私にふれて、微笑んでくれている。熱を帯びた美しい双眸《そうぼう》が、私を捕らえて離さない。

至近距離の彼の顔にドキドキしながら目を泳がすと、彼が小さく笑う。

「軍手を土だらけにしてまで花壇を耕す君が好きだ。スーパーで野菜を一つ選ぶのにも真剣な君がかわいい。アイロンを当てながら、楽しそうに鼻歌を歌っている姿も愛《いと》しい。朝、寝癖がついたまま、恥ずかしそうに『おはよう』と挨拶《あいさつ》を――」

「えええええっ！　ストップです。ストップ」

恥ずかしくなって、彼の口を押さえようと、繋いでいないほうの手を伸ばしてジャンプする。顔をほころばせた彼にその手をつかまれ、私の両手の自由は奪われてしまった。

「不安にさせて悪かった」

彼の瞳も微かに揺れている。苦しそうにも自分に怒っているようにも見える、彼の不器用な表情。

私のために感情が溢れていることだけはわかった。

結婚する前も夫婦になってからも、ちゃんと私を見てくれていたんだ。

……しかも寝癖って、そんなところまで見られていたことに戸惑いつつも、うれしくなってしまう。

過去のことをぐちぐち聞いて嫌われるかと心配だったけれど、こうして安心させてくれた。

やっぱり彼は、私が昔から思っていた通りの素敵な人だ。

「夫婦になってからも、俺は日ごとに君を好きになっていく。今まで知らなかった、新しい君を見つけられて心からよかったと思っている」

そして申し訳なさそうに微笑む。

「君が俺の新しい一面を見て、幻滅してしまったのならば努力する」

「全然です！」

両手をつかまれているので、私はブンブンと首を振った。この人が先ほどから苦しげに眉をひそめるのも、悲しそうに無理に微笑むのも、全部私が勝手に空回りしているせい。

「あの、お箸《はし》の持ち方も綺麗だし、洋服も脱いだらちゃんと畳んでるし、動くだけで素敵というか……。あ、当直や夜勤後の疲れた顔に、色気を感じてしまうこともあるし……。忙しい中、家事を手伝おうとしてくれるのはうれしいけど、今は私に任せて睡眠をしっかりとってほしいし、あと、あと」

恥ずかしさであたふたしながら、思いつく限りのことを必死にまくし立てる。まだまだ言いたいことがたくさんあるのに、しどろもどろでうまく伝えられない。

そんな私を、彼は愛しそうに見つめてくれた。

それだけで、いい。それだけで、私は世界で一番幸せだ。どれぐらい長くなっても、説明が下手でも、彼に私の正直な気持ちを聞いてほしい。

大きく息を吸い込み、気持ちを整える。

「私、亜里砂ちゃんと梗介さんが抱き合っているのを見て、叶わない恋だと諦めていたんです。だけど、好きな気持ちだけはその後も変わらなくて……だから、今こうやって一緒にいられるのはすごく幸せで――」

言い終わらないうちに、彼が屈んで私の唇にふれてきた。

優しい彼らしい、啄《ついば》むだけのキス。

……え？

突然の彼の行動に戸惑いつつも身体は正直で、心臓がドキドキと大きく波打っていく。

「聞いてたら、照れてしまった」

「こちらこそ。その何倍もうれしかったけど」

「じゃあ、やっぱり毎日言うよ」

彼が優しく目を細めて笑う。少しでも表情が出ると、彼は一瞬で私を釘づけにする。

「毎日では心臓がもちません。その笑顔も素敵すぎます」

私がそうこぼすように言うと、彼は意地悪そうに微笑んだ。これは毎日言うに違いない。

「──笑顔は君の前だけかもしれないけど」

極上の笑みを向けられてしまった。

「独り占めですか。贅沢《ぜいたく》すぎますね」

これだけの幸せをくれる彼を困惑させた、自分の空回りの言動を反省しなくては。結婚はゴールじゃない。その事実に胡座《あぐら》をかかず、互いに気持ちを確かめ合って、もっともっと距離を縮めていかないと──。

その後、公園内にイタリアン風のレストランを見つけ、食事することにした。店内に入るとコスモス畑が見える席に案内され、パスタとピザで有名なオススメコースを二つ注文する。

パスタが運ばれてくると、梗介さんは美味しそうに頬張りながら、ふと思い出したように聞いてきた。

「そういえば、朝ご飯食べた？　形跡なかったし、顔色もよくないけど」

「朝はバタバタしてたので抜いたんですが、お昼ご飯はもりもり食べました。今日は、マリアベールの破損が多く見つかって、対応に胃がキリキリしたせいかも」

「マリアベールって新婦が頭を覆う？」

彼に尋ねられたので頷いて、スマホでうちの会社が扱っているベールを何個か見せる。

「二十メートルくらいのベールって、後ろ姿が本当に綺麗なんです。特にたくさんのラインストーンをちりばめたものは一度手にした時、あまりに綺麗で自分もつけたくなりました」

私の説明に、彼も熱心に耳を傾けてくれている。

「俺はドレスのことはよくわからないし、式は女性が主役だと思っていたから口をあまり出さなかったけど、マリアベール姿の君も見てみたいな」

「いえいえ。こんな素敵なもの、私にはもったいないです。私は祖母の着物を着て式を挙げられただけで幸せですよ」

それにこの体型のままでウエディングドレスなんて着ても、きっと似合わなかったに違いない。憧れは憧れのままにしておいたほうが、現実の自分の姿に幻滅しなくていい。

ピザが運ばれてきた。

「だが――」

彼が何か言いかけたけど、それを遮るようにチーズが載ったピザが運ばれてきた。

スタッフが目の前でガスバーナーであぶり、チーズをとろけさせてくれた。そこで調理の手を止め、「SNSに載せますか?」とわざわざ写真を撮る場を設けてくれたので、お言葉に甘えて一枚撮ってもらう。

お礼を伝えてスマホを受け取ると、亜里砂ちゃんから数枚の写真が送られてきているのに気づく。

写真を開くと、ヨットの上で友達とポーズを取っている水着姿に、海でサーフボードに捕まって、イケメン外国人とピースしている姿。そして、身体のラインがわかるマーメイドドレスを着て、浜辺を歩いている姿。

さすがモデルの亜里砂ちゃん、どれも綺麗で素敵だ。

視線を自分のお腹へと落とす。

どうして私はこんなに幼児体型で、お腹もぽっこりしているんだろう。

「ピザ、冷えるよ?」

ふんだんにチーズが載ったピザを持ったまま、彼が首を傾げた。

「はい。いただきますっ」

亜里砂ちゃんへの憧れの中に、劣等感が隠れていたことに今さらながら気づく。

彼を心配させないためにも、今日はこのピザとパスタを食べるけれど、明日からは再びダイエットを頑張ります。

かじりついたピザのチーズがグーンと伸びる幸せを噛みしめながら、テーブルの下で拳を握りしめた。


食事のあと、彼は公園近くの花屋に寄って、また花束をプレゼントしてくれた。

「毎回花束は迷惑か？」と聞かれたけど、私は首を大きく横に振る。

私のために選んでくれた花を、家に飾れるのはうれしい。幸せの象徴のように、部屋を明るく輝かせてくれるから。

私が「とってもうれしいです」と伝えると、彼はそれから何かあるごとに花束を渡してくれるようになった。

その日、私にくれたのは季節外れのピンク色のチューリップ。花言葉は彼は知らないだろうけれど、『愛の芽生え』『誠実な愛』。

今日、向き合ってくれた彼のまっすぐな言葉とぴったりだ。たまたまなのだろうけど、本当にうれしかった。

第六章
甘い甘い夜

あれから一週間——。

ランチはサラダのみ。

今日も仕事の休憩中、サラダを食べながら料理のレパートリーを増やそうと、料理本に目を通す。

今年は仕事でイベントリーダーを任されて大変だけど、美里ちゃんの補助もあり何とかミスもなく進められている。

クリスマスの会場では衣装の破損防止のために、移動時にスタッフが手伝う人数を増やすことにした。

私も一番高額な衣装の移動補助に回る予定だ。イベント中の一週間は多忙な日々になりそうだけど、仕事が楽しいのでワクワクが止まらない。

重要なポジションを任されてうれしい。これからは、自分からチームを引っ張っていかないと。お客様にも最高に満足してもらえるよう、全力を尽くしたいし、今以上に仕事にも身を入れなきゃ。

そう思っているうちに、顔がにやけてくる。

それに、今日は梗介さんと朝ご飯を一緒に食べられたしなぁ。

味噌汁を美味しいって言ってくれたし、リビングに飾ったシクラメンを見て微笑んでいたし、水やりの仕方を尋ねてくれた。しかも最近は毎日、『行ってきます』の挨拶の時に、キスしちゃっている。

それだけでテンションが上がって、その日一日仕事も頑張れちゃうから、これほど幸せなことはない。

「あー、先輩、今日もサラダだけだ。私の作った最強の卵焼き食べちゃいますぅ？」

お弁当を持って隣に座ってきた美里ちゃんに、私は胸の前で両手をクロスさせ、拒否する。

「美里ちゃんのお弁当が美味しいの知ってるから、一度食べたら卵焼きだけじゃ済まなくなるもん。大丈夫です」

「えー。ダイエットしすぎですってば。そんなに気になるなら。電気消してもらえばいいじゃないですか」

「ん？　電気？」

キュウリにフォークを突き刺しながら首を傾げると、美里ちゃんも私と同じ方向に頭を傾けた。

「エッチの時に身体のラインを見られたくないからダイエットしてるんじゃないんですか？」

「ぶっ！」

思わず口に入れたキュウリを吐き出しそうになった。かわいい後輩から、そんな直接的な言葉を聞かされるとギャップで戸惑ってしまう。

「違うんですか？　新婚だし毎日ラブラブだから、体型維持に気を使っているんだと思ったんですけど」

「体型は気にしてるけども」

恥ずかしくて、空になったお弁当箱に顔を突っ込んで隠れたい。照れた顔を見られたくなくて、へらりと笑ってはぐらかした。

毎日ラブラブって言葉は、間違いじゃない。お互い見つめ合うだけで幸せだと感じている。

でも、美里ちゃんの見解とは違う。

引っ越し当日に言ってくれた通り、彼は本当に待ってくれている。甘い雰囲気になってもキスまで。

私たちはきっと、そこら辺の学生よりも清い関係だと断言できる。

彼が全く手を出さないのは私のため。

確かに結婚当初は不安もあったし、心の準備もできていなかった。

でも、今は……恥ずかしいのは恥ずかしいけど、彼の気持ちに疑いはないし、幸せだ。ならば私から『もう大丈夫です』と伝えなきゃいけない。

でも……何て言えばいいの？

いざ言葉にしなきゃいけなくなると、どうしていいかわからない。

＊＊＊

それからぐだぐだ三日ほど悩み、結論が出ないので芽衣に縋《すが》ることにした。

梗介さんが当直の日、仕事終わりに芽依とオーガニックカフェで落ち合う。

芽依も彼が飲み会で遅くなるらしく、私の相談を親身になって聞いてくれた。

芽依は私のダイエットにつき合ってくれて、大好きなお酒も飲まず、ホットチョコとサラダをのんびり味わいながら何度も頷く。

「つまり、咲良から旦那さんを誘いたいけど、どうすればいいのかわからない、と」

「……そうです」

「一緒に寝てるのに何もないの？」

芽依は目を丸くして、パチパチと何度も瞬きをする。さすがに驚きを隠せない様子だ。

ダイレクトに聞かれて恥ずかしい。こんな話、友達同士でするのもそわそわして落ち着かない。

観念したように頷くと、「そっかあ」とこぼすように言って黙る。

何年かつき合ってから結婚した芽依とは違って、お見合い後に両想いだとわかったものの、交際なしでスタートした結婚生活だ。

最初の状況からして違うのに、相談して困らせてないかな。

のんびりホットチョコを飲んでいた芽依が、へらりと笑う。

「『気持ちの準備できましたよ』って言葉で言いにくいなら、セクシーな下着で意思表示してみては？」

「セクシー……？」

突然の提案にどぎまぎする。

「あーっと、下品じゃなくて大胆って感じの。ちょっと見に行ってみようよ。あっちのビルにいろんなテナントが入ってたと思うよ」

芽依が窓の向こうに見える、ファッションビルを指差す。

「行きたいっ」

普段、私が着ている下着はごく普通で無難なものだと思う。でも、誰にも見せたことがないから本当のところはわからない。子供っぽいかもしれないから、ちょっと恥ずかしいけどガラリと変えるつもりで選ぼう。

そうと決まれば早速カフェを出て、ファッションビルへと向かう。

風は寒く冷たいのに、興奮のせいか身体はぽかぽかしている。

ビルの中に入り、一番カジュアルで敷居の低そうなランジェリーショップを見つけて中に入る。そこで正確なバストのサイズを測ってもらい、芽依と一緒に選んでいく。

いざ見てみると、どれもセクシーすぎて固まってしまう。芽依のセンスのよさに感心しつつも、私が身につけたら、どれも笑われてしまいそう。

「咲良、私には似合わないって思ってない?」

「う……顔に出てる?」

私が頬を隠すと、真面目な顔で頷く。

「赤や黒のものばかり見てるからそう思うんだよ。そんないかにもって色じゃなくて大丈夫。ピンクとか水色の淡い色で透けているやつのほうが、逆にときめいたりするものなんだから」

うぅ……確かに先ほどから毒々しいぐらいの紫や赤、黒ばかりを目で追っていたから、かわいい色の物が着られるのはうれしい。

でも……透けてるって、それはそれで大胆すぎないかな⁉

「でもこれ、ほとんど肌が透けて見えない？」

「インパクトは強くないと！ 私、このリボンがついたのかわいいと思う」

芽依に渡されたブラジャーは、胸元がリボンで結ばれている。それをほどくと左右に開かれ、胸が露わに……。

これはもう『引っ張ってほどいてください』って自分から誘っているようにしか見えない。

ごくりと息を呑む私。

「い、いやあ、これは、さすがに私にはちょっと」

もう少し初心者向けの無難なやつから始めさせてほしい。

ハンガーを戻そうとすると、芽依が私の手をつかんだ。

「自分から誘うんでしょ。言葉では言えないんでしょ」

「でも、でも、もっと恥ずかしくないのがいい！」

口を尖《とが》らせる芽依に、冷や汗をかきながら必死で抵抗する。

「大丈夫だよ。咲良に絶対に似合うし、かわいいってば。ね？」

天使のような微笑みを向けてくるのに、私の手をつかむ彼女の力は、強い。そのまま強引に、私をレジに引っ張っていく。

「これ、私とお揃いで買おう！　すみませーん、ラッピングお願いします」

「ラッピングまで!?」

「うん。テンション上がるし、自分へのプレゼントだよ」

総レース、胸元リボンのピンク色。攻めすぎじゃないかな。こんな姿でベッドで私が待っていたら、コントみたいになりそう。

会計を済ませ、逃げるように店から出た。にこやかに見送ってくれた店員さんには申し訳ないけど、しばらくあの店には行けない。

「咲良ってば、悩みすぎだよ。咲良は咲良らしく、堂々としていれば大丈夫だから」

満足そうな笑みで背中を大きく叩かれ、視界が揺れる。

そうだよね。私に甘い梗介さんだから、きっと喜んでくれるよね。少なくとも嫌な顔をするような人じゃない。優しくて誠実で、たくさんの幸せをくれる人。

だから、私もちゃんと意思表示していきたい。

彼はあさって当直明けで、次の日、一日お休みがある。狙うならその日だ。

帰宅して、買った下着をクローゼットの奥に隠そうとして、手を止める。

奥に隠したら、着るのを躊躇してしまいそう……。

思い直した私は、すぐ着替えられるように、あえてど真ん中にかけた。

その時が来たら、ちゃんとうまくできるかな。

不安と緊張で、心臓は大きく波打っていた。

＊　＊　＊

梗介さんの当直開けの日――。

いよいよこの日がやってきた。

私は職場の休憩室で、少しドキドキしながら今日のシミュレーションをしていた。

帰ったらご飯を作って、それからシャワーを浴びたあとに、用意した下着に着替えて、と。

明日は彼の休みに合わせて、私も休みを入れていた。これほど念入りに機会を作っていたと知ると、彼は私を計算高い女だと呆れないだろうか。

今さらながら心配でドキドキしてきた。

「せんぱーい」

「わっ」

美里ちゃんが後ろから声をかけてきたので、慌ててスマホをテーブルに置いた。

「またサラダだけだあ。知ってますぅ？　脂肪って胸からなくなっていくんですよ」

軽口の中に、美里ちゃんの優しさが滲んでいる。

最近、私がサラダしか食べてないのを心配してくれているのか、唇を尖らせている。

「これ以上、減らないだろうから大丈夫。どうしたの？」

美里ちゃんは隣に座ると、タブレットの液晶画面を見せてきた。

「衣装が一つ、返却されてないのがあって。同行したスタッフが誰だったか調べたいんですけど、どのファイル開いたらいいですか？」

私も覗き込んで、ファイル欄を見てみる。

「日付別でわからなかったら、衣装の名前で検索してみて。もしほかの店舗のファイルに交ざってたら見つからないから、作成した吉良《きら》さんに聞いてみて」

「ありがとうございまーす」

席を立ち、そのまま仕事に戻るようだ。先に休憩をもらっていたから、私も一緒に確認しようとサラダをかき込む。

「わからなかったら、食べ終わり次第、行くから」

「大丈夫ですから、安心してサラダ食べていてください」

頼りになる美里ちゃんはガッツポーズで帰っていく。

うちはオーダーメイドで作ったドレスと、レンタル衣装が交ざらないように管理を徹底しているから間違いはないはず。

ウエディングドレスはレンタルする人のほうが多いけれど、オーダーメイドで一から作るほうが高額で長期の対応になる。

だから、オーダーメイドの注文を増やすため、その技術をアピールするべくレンタル衣装もうちで作ったデザインの物を使用している。

毎年クリスマスのイベント後は、オーダーメイドの注文が増えるので、今年も増えてほしい。ＳＮＳに投稿してくれたら割引キャンペーンもあるので、口コミで評判になるのも期待している。

イベント前後の繁忙期を乗り越えたら少し余裕ができるので、それまで頑張ろう。

「せんぱぁーい」

先ほど、ガッツポーズしていたはずの美里ちゃんが、顔を真っ青にしてタブレットを持ってやってきた。

「ファイル見つからなかった？」

最後の一口のキュウリを突き刺した時だった。

「ありました。やっぱりほかの店舗のファイルと交ざってました。ありがとうございます」

「よかった。イベントのほうにかかりっきりで、ファイルチェック疎かにしちゃってたね」

ファイル管理を任せていたのは吉良さんなので、あとで一緒にチェックしてみよう。

「じゃなくて、もっと大変な問題が起こっているかもです」

「へ？」

オーダーメイドのファイルと交ざっていたのは、マリアベールのレンタル記録ファイルだ。

うちのデザインの一番人気のマリアベール。

ファイルには、先月貸し出ししたマリアベールの記録が書かれている。

「この前、ボロボロになって帰ってきたマリアベール、修繕したはずなのにうちに戻ってきてないですよね？」
「その修繕の対応したの私だけど、もう終わってるよ。吉良さんから受け取っている
連絡はもらってるし」
私が連絡を受けて修繕に出したマリアベールは、修繕が完了して無事に受け取った
と吉良さんから聞いている。
吉良さんは、今年入社したばかりのハキハキしてしっかりした新人さん。ボーイッ
シュで、パンツスタイルのスーツがカッコいい子だ。部長も彼女の仕事ぶりを褒めて
いたし、ファイルをまとめるのも速くて感心した。
私の発言に、美里ちゃんの顔がさらに真っ青になる。
「でも、そのマリアベール、レンタル衣装のほうに見当たらないし、この前新品が売
れたはずなのに、新品の在庫は全く減ってなくて……。言いにくいんですけど、修繕
したマリアベールを、新品として送ってるんじゃないかと思います」
「え……えええっ!?」
キュウリを突き刺したフォークを離す。床へと落ちて弧を書くフォークを眺めなが
ら自分の顔から血の気が引いていくのがわかった。

担当者の吉良さんから事情を聞いた。

新品のマリアベールを購入したお客様に対して、吉良さんは修繕したマリアベールをお渡ししたらしい。

簡単にまとめると、彼女は『修繕したのだから新品と同じだ。倉庫から探して送るよりも、戻ってきた衣装をそのまま段ボールに入れ直したほうが早い』と判断したらしい。

これは絶対にあってはいけないことだ。本来なら、修繕したマリアベールを倉庫に戻して終わればいいだけの話なのに、手間を省くために会社の信用を落とすようなことをしてしまった。

吉良さんを普段から『仕事が速い』と褒めていたことが、仇《あだ》になったのかもしれない。彼女は急いで仕事をこなそうとして、自分の間違った判断で行動してしまった。

これはクリスマスのイベントを優先して、彼女の動きをきちんと把握していなかった私たちにも責任があった。この仕事についてまだ半年ちょっとの彼女をなぜもっと見てあげられなかったんだろう。

吉良さんも、忙しそうにしていた私たちに、相談しづらかったのかもしれない。

とはいえ、仕事を早く終わらせようと適当なことをしたのは確かだ。真実をきちんと受け止めて、反省してほしい。

美里ちゃんに促されてやってきた吉良さんは、うろたえていた。

そして私と美里ちゃんが顔を真っ青にしているのを見て、これが大きなミスなのだとわかったようだ。

でもきっと、何が悪かったのかわかっていない。私は大きく息を吸い込み、冷静に伝えるためにまっすぐに彼女の顔を見た。

「一生に一度しかしない大切な式で、一からオーダーメイドしたウエディングドレスを着るほどこだわって。そして人気のベールを、レンタルではなく購入したいとおっしゃってくださったの。そこで修繕したベールと新品のベール、あなたならどっちをつけたい？　手間を省くためにレンタルの商品を新品として送るなんて、あってはならないことだよ」

その言葉に、自分のした失敗に気づいたらしく、彼女の顔が青ざめた。

吉良さんには急いでお客様に電話で謝罪させ、改めて彼女と一緒に直接お会いしてお詫《わ》びした。

相手の方がまだ写真撮影前だったらしく、何とか許してくださったので大事にはならなくて済んだ。

始末書を書き、管理の甘さを痛感したのでファイルをすべて見直した。

定時はとっくに過ぎていて、二十一時を回ったところだ。

バタバタしていて梗介さんに連絡するのも忘れていた。

「お疲れ様でーす。明日からまた気合い入れていきましょ」

美里ちゃんに肩を叩かれて、申し訳なさそうに何度も謝っていた吉良さんが、少しだけ微笑んだ。

私もここの衣装の多さやファイルの多さに、新人時代は苦しんだ。でも、効率を求めるのは大事だけど、それが手抜きになってはいけない。今回のことは、自分への戒めにもなった。

「お疲れ様です。吉良さんも駅まで行く？」

背中を縮こまらせていた吉良さんが、こちらを振り向き、真っ青な顔で何度も頭を下げる。

「はい。あの、遅くなってすみません……」

「大丈夫。でも暗いし、一緒に帰りましょ」

彼女はまだ落ち込んだままだ。

厳しく言いすぎちゃったかなって少し心配になったけど、今は自分のしたことをしっかり反省して、今後に生かしてほしいな。

始末書の提出を待ってから、吉良さんと一緒に駅へと向かう。

電車に乗ってから、彼に返信しよう。遅くなってしまったから、今から帰宅して何が作れるかな。簡単にパパッと作れる料理って何があったかな。

「咲良」

挽肉《ひきにく》が冷蔵庫にあるから、ハンバーグ作ろうかな。

「おーい、咲良」

「津田さん」

「ん？」

スマホを取り出し、梗介さんからのメールを見ようとしていた私は、吉良さんを見たと同時に、ポスンと誰かにぶつかって飛びのいた。

「す、すみませっ」

「ふっ」

小さく笑った目の前の男性は、目尻を優しく滲ませた。

「きょ、梗介さんっ？」

目の前には、愛しい旦那様の姿がある。

思わず後ろを振り返った。

確かに私の会社がある。会社の目の前に、彼がいるという違和感……。そして疲れているであろう彼に迎えに来てもらうなんて……。

混乱と申し訳なさが相まって、あわあわしてしまう。

「連絡しても返信はないし、明日は休みだからと遅くまで仕事しているのかなと。何だか心配で、気づいたらここまで迎えに来てた」

うれしい。申し訳ない気持ちも強いけど、うれしい。でも職場の人がいる手前、にやけるわけにはいかない。

「津田さん、お疲れ様です。終電ありますのでお先に失礼します。今日は本当にすみませんでした」

「あ、お疲れ様ですっ」

そそくさと駅へと向かう吉良さん。

気を使わせてしまったかな。

チラリともう一度彼を見上げると、微笑んでいた。

こんなに遅くなるのに、連絡一つ寄こさない私に怒らないなんて、彼はまさに聖人君子だ。

「すみません。お迎えありがとうございます。ちょっとトラブルがあって、連絡する時間もなくて……。帰って急いでご飯作りますね」

「それは大丈夫。頑張ってカレーを作ってみたから、一緒に食べよう」

「梗介さんの、手作り……」

うれしくて飛び跳ねそう！　だって彼、料理は全くしないって言っていたのに、私のために作ってくれたんだ。

「早く食べたいです。保存して毎日食べます！」

思わず身を乗り出して、力説してしまった。

「そんなにたくさん作ってないよ」

彼の言葉も弾んできた。梗介さんは、車だとすれ違うかもしれないからと、電車でここまで来てくれていた。

だから、駅まで腕なんか組んで歩いてしまった。今日一日の疲労がすべて吹き飛んで、まるで羽が生えたようにふわふわして夢見心地だ。

「それで、仕事は大丈夫だった？」

電車に乗って、二人でドア付近に立つと、梗介さんが聞いてきた。

「はい。もっといろいろ、周りに目を配れるように頑張ろうって思いました。私の仕事は、お客様にご迷惑をかけることが一番ダメなので」

仕事で疲れた私の目の前に、一番元気をくれる相手がいる。

私の帰りを待っていてくれていたんだ。

テンションが上がり、心が温まる。

そう。私は梗介さんが大好きなんだ。

電車が揺れるたび、私の身体も揺れる。

彼が私の肩を優しくつかんで、揺れないように入り口の戸にもたれかかるように誘導してくれた。

優しい。そして私にはもったいないぐらい素敵な旦那様だ。

「私……」

耳が熱くて、恥ずかしくて、視線を逸らしながら床を見る。

月の光に照らされて、私と梗介さんの影が重なっている。

「私、もうずっと前から怖くなっていて。むしろ怖かったことはなくて」

心臓が口から飛び出してしまうんじゃないかというくらい、激しく鳴っている。

「私、本当はもっと梗介さんに……ふれてほしかったんです」

こぼれ落ちるように漏れた本音。

〝好き〟が止まらなかった。止めたくもなかった。気持ちが溢れて止まらない。本当は、ふれてほしいだけじゃない。心も身体も、彼ともっと繋がっていたいんだ。

恥ずかしくて目を逸らしたまま、おずおずと彼のコートをつかむ。それが今、精一杯の意思表示だ。

「長いお預けだったな」

梗介さんはうれしそうな声を漏らす。

見上げると、今度は意地悪そうな笑みを浮かべて、ぽつりとひと言。

「今日は、カレーもお預けだな」

私の背中に置いてあった彼の手が、私を強く引き寄せた。

＊＊＊

「あの、あの」

家に帰ると換気扇を弱にしていたせいか、カレーのいい香りやほかほかのご飯の美味しそうな匂いがしていた。

なのに、私を抱えた梗介さんの足はキッチンへ向かうことなく、一直線に寝室へ。

緊張でドキドキが止まらない。

寝室に入るとカーテンが半分開いていた。電気がついていない部屋には、遠くのネオンと月の淡い光が注がれている。

梗介さんは私をそっとベッドに下ろす。

月に照らされた至近距離の端正な顔に、つい見とれてしまう。

「ん?」

熱に浮かされたようにぼーっとしている私に、小首を傾げる彼。

愛おしくて今すぐ抱きつきたくなる。

でもダメ。せっかく用意したあのセクシー下着に着替えなくては。貧相な身体だけど、あれを着れば少しはマシに見えるはず。

「き、着替えを、その……すごいのに着替えますんで」

言葉に詰まりながらも、何とか説明をして慌てて立ち上がろうとする。

すると、彼は覆い被さるように私の足の間に片足を乗せ、立ち上がれないように阻《はば》んできた。

ベッドが軋む音と二人の息が、やけにリアルに私の聴覚を刺激する。ふれそうでふれない彼の足に、緊張が一層増す。

「それは次にとっとく。これ以上は待てないな」

彼は小さくこぼれるように笑うと、私を愛おしそうに見つめてきた。

伸ばされる手は、まだ私を気遣ってか恐る恐るだ。

着替えることに気をとられていた私は、彼にまた気を使わせてしまっていたことに気づく。

そして、彼の伸ばした手に、自分から頬を寄せて擦《す》り寄った。

それを合図に彼に押し倒され、体重を受け止めながらベッドに沈んでいく。

服を脱がされ、恥ずかしさの中で何度も軋むベッド。

いつもはクールな彼が、今は余裕のない、熱を孕《はら》んだ瞳でこちらを見ている。

私にふれる彼の指先。彼の体温と、熱を帯びた吐息。そして今までのキスが、おままごとだったかのように感じるほどの、甘く深い口づけ……。

そのすべてに心も身体もとろけてしまいそうになる。

普段見せない、情熱的で男の顔をした彼。カーテンから漏れる光の中に浮かび上がる、筋肉質で引き締まった彼の身体。

どこを見上げても、カッコよくてときめいてしまう。もっともっとうっとりと見つめていたい。

なのに彼の指が動くたび、手がふれるたびに、私の身体は芯から熱を放ち、思考が途絶えていく。

どこもかしこもとろかされて、彼の動きに翻弄される。

嬌声を聞かれないように口を隠すと、腕をつかまれシーツに押しつけられた。それも乱暴ではなくて、すぐに離して私の頬を撫でてくれた。

「大好きです。梗介さん」

思考までとろける前に伝えたくて、彼の背中に手を回しながら、おずおずと告げる。

「ああ。俺も」

いつもより艶のある声で、いつもより一層近い耳元で、囁かれる。

彼が私を求めてくれている。とろけそうなほど甘い声で私の名前を呼び、愛を囁く。

彼の言動に胸が苦しいほどに高鳴り、多幸感で溢れていく。幸せが、私の心を満たしていく。

梗介さんの温かさを感じながら、この幸せにずっと包まれていたい。この満たされた甘い空間にずっと閉じ込めていてほしい……。

そう思い、彼の背中に回した腕に、ギュッと力を込めた。

＊＊＊

少しだけ開いていたカーテンから、差し込んでくる光――。

眩しくて、つぶっていた目を擦《こす》る。目を開けると、私は毛布に包まれて蓑虫《みのむし》のような格好でベッドの上にいた。むくりと起き上がると、腰に鈍痛を感じて羞恥《しゅうち》で固まった。

気づけばシーツがはぎ取られ、少し開いた扉のほうから洗濯機を回す音が聞こえてくる。

そして、漂ってくるカレーの匂い。

壁際に置かれたバッグからスマホを取り出すと、アラームとスヌーズが鳴ったあとだけが残っている。

いつもならこれだけで起きるのに、気づかないほどぐっすりと眠っていたらしい。

そういえば、昨日は一度で終わらなかった。思い出して、恥ずかしさで両手で顔を覆ってしまう。

「ひゃっ⁉」

よく見ると、腕に赤い鬱血痕《うっけつこん》があって驚いた。

何これ……？

視線をさまよわせると、太腿《ふともも》にも数ヵ所ある。

これってキスマークだよね？　うわああ。こんなふうに赤くなるんだ。今日が休みでよかった。これ、今日一日で消えてくれるのかな。

とにかく服を着ようと探すものの、見当たらず……仕方なく彼の大きなシャツに腕を通し、リビングへ向かう。

洗濯機の音に、見当たらない私の服、そしてカレーの匂い……。

これって梗介さんが私の服を洗濯して、カレーを温めてくれてるってことだよね。

「……おはようございます」

リビングに入ると、ズボンを穿《は》いただけで髪を濡らしたままの彼がキッチンに立っていた。

明るいところで彼の引き締まった上半身を見ると、昨日のことが思い出されて、顔から火が出そうになる。

「おはよう。ぐっすり寝ていたようだったから、ドアの音で起こさないように開けておいたんだが……うるさかったか？」

私がおずおずと近寄ると、彼が申し訳なさそうに私の顔を覗き込むので、ブンブンと頭を横に振る。

「いえ！　そんな繊細な女じゃないですっ！　スマホのアラームにも気づかず、ぐっすり眠ってました」

しかも〝彼シャツ〟ってやつですか。

もじもじと視線を下へ下げると、着ているのはブカブカの彼のシャツ。

隣にはズボンだけ穿いている彼。

横に並ぶと、本当に夫婦みたいでくすぐったい。

「身体、大丈夫か？　その……理性が本能に負けてしまって、無理させたかもしれない」

ミニトマトを半分に切っていた彼が、申し訳なさそうに言う。

改めて言われるとまた恥ずかしさがぶり返し、顔が沸騰する。きっとトマトよりも真っ赤になっているに違いない。

「……カッコいい梗介さんを見られたので、幸せでした」

ひえぇぇ、自分で何を言ってるんだ！

照れ隠しでミニトマトを口に放り込み、リビングのソファにダイブする。

「こちらからは、なかなかにセクシーなポーズになってるが、大丈夫か？」

「ひぃぃぃ！」

全身から汗を噴き出しながら慌てて座り直すも、梗介さんはおかしそうにくすりと笑う。

「朝からカレーはさすがに食べないかな？　サラダだけでもいいが」

「食べますっ。というか、手伝います」

キッチンに行き、棚から食器を取り出す。

さすが、梗介さん。ミニトマトなんて私は洗って盛りつけるだけなのに、半分に切って並べる丁寧さ。

カレーも二日目のいいとろけ具合で、空腹の私のお腹を刺激してくる。

「ごめんなさい。先に起きて全部してもらっちゃって」

「俺としてはもう少し寝てもらって、起こしに行きたかったけどな」

サラダとドレッシングを持つだけでも素敵。冷蔵庫の上にビデオカメラを設置して、料理しているところをずっと撮影していたい。

「大丈夫です。梗介さんがいっぱい気遣ってくれたし」

「……かわいいな。サラダより先に食べてしまおうか」

ちょっぴり意地悪そうに笑う梗介さんに、寝癖のついた頭をぐしゃぐしゃと撫でられ、顔がほころぶ。いや、ほころぶなんてかわいいものではない。へらりとにやけてしまう。

やっぱり甘い梗介さんも大好き。

いつもと同じ天気のいい朝。毎日見ているニュース番組。カーテンを開けば、昨日と同じ風景が広がっている。

それなのに、今日は昨日よりも心が満たされていて、穏やかで、温かい。私たちは昨日、やっと夫婦として結ばれたんだ。それがくすぐったいし、幸せでもあった。

それから食卓に料理を並べ、向かい合わせに席につく。

カレーは、ジャガイモがごろごろと大きくて美味しそう。一口食べると、今まで食べたどんなカレーよりも絶品で、思わず叫んだ。

「ひゃあ。美味しいっ」

そうして感動しながらカレーを食べていると、洗濯機が終わりの合図を告げる。

「そうそう」

食べながら彼がスプーンを置くと、私のほうをじっと見る。その目は何か言いたそうだ。

「何でしょうか？」

「君の服を洗濯したから新しい服を出そうと、君のクローゼットを開けたんだ」

「二人の家なんですから、別に開けてくれても全然いいですよ」

ジャガイモがほくほくしていて美味しい。延々と食べていたい。こんなに見た目も味も最高なカレーは今まで食べたことがない。

料理する時間がなかっただけで、彼には才能があるのかな。彼のカレーを含んだ頬をうっとりと見つめる。

その間も、彼はまだ私を見たままだった。そして言葉を探すように視線をさまよわせた。

なんだろう。

「……ん？　クローゼットを開けたんですよね」

開けたのに、私は今、梗介さんの服を着ているよね。何でだろう。

「ああ。勝手に開けて申し訳なかった」

何か忘れているような、嫌な予感がした。

「ちょ、ちょっと失礼しますね」

食事中なのにお行儀悪く席を立った私を、彼は寛大に許してくれた。

自分の部屋に行き、クローゼットを開けた私は固まった。

昨日、着ようとしてハンガーにかけておいた下着が一番に顔を覗かせている。

ギャー！　これを見られたんだっ！

確かに着て見せるつもりで買ったわけだけど、こんなふうにいきなり発見されると羞恥心が込み上げる。

何もない廊下でつまずきそうになりながら、フラフラとリビングへ戻る。どんな表情をしていいのか戸惑いつつ、お茶を一気に飲む。そして、目の前でカレーを食べている美しい横顔を覗き込んだ。

「み、見たんですか？」

「うん。昨日、着替えようとしてくれていたのはあれかな？」

彼は小さく笑うと、私のほうを優しく見つめてくる。

サアッと血の気が引いたあと、身体中が沸騰しだした。

「かわいいな。あれを着て俺を――」

「わーわーわーっ！」

慌ててコップを彼の口に押し当てた。全身から汗が噴き出し、今すぐ倒れそう。

お願い、もう言わないで。聞かないで。忘れて！

私の必死さに、彼は噴き出すように笑いだした。

「今夜、楽しみだな」

「……意地悪です」

カレーまで甘くなりそう。

でも嫌じゃない。また素敵な梗介さんを見られるならば、似合わなくても見せたくなる。

どの角度から見てもカッコよくて、誠実な紳士で仕事もできて、実は料理も上手な私の旦那様。

この幸せがずっと続きますように。

「……部屋の電気、全部消してくれたなら着ます」

拗ねたようなかわいくない言い草の私に、彼は私の頭を撫でながら上機嫌に微笑む。

「もちろん。その代わり、目が慣れるまでじっくり触らないとね」

起きたばかりの朝に、どうして今夜の話をしなくちゃいけないの？

おかげで残りのカレーは全部、甘口に変わってしまったのだった。

＊　＊　＊

その日から一週間が経ち、変化が訪れた。

私が勇気を出して甘えた結果、私からも彼にふれられるようになり、まだぎこちなさが残っていた夫婦の距離が、前よりもだいぶ縮まったのだ。

「はあ。今日はずっとこうしていようかな」

朝の出勤前、今日はお休みの梗介さんが、ソファで私を抱きしめながら、ぽつりと呟《つぶや》く。

ソファは五人がけの広さなのに、梗介さんの膝《ひざ》に私が乗っている状態なので、その広さを生かせていない。

「ダメですよ。今日は、衣装合わせの着付け担当なんです」

「そうか。じゃあ通勤する君に俺が背後から抱きつきながら一緒に行こうかな」

「ふふ。楽しそうだけど、ダメです」

今日はお客様の要望で、コルセットを極限まで締めてほしいと言われている。長時間ならお断りだけど、試着の数分ならば綺麗でいたいであろうから頑張らねば。

「そういえばクリスマスは仕事ですか？」

「ああ。父がサンタ、俺がトナカイ役で小児科を練り歩く」

「トナカイッ」

こんなカッコいい人にそんな役をさせられるのは、理事長であるお義父《とう》さんだけだ。

「うちの母が、たまには海外で年越しをしたいらしく、今年は君のご両親がいるロスで、俺たちとも一緒に過ごしたいと言っていたが、どうかな？」

「ロサンゼルスで年越し……」

きっと私と両親が一緒に過ごせるように、気にかけてくれているんだろう。

けど……年越しをロスで過ごすとなると、毎年三日にある祖母の家での集まりに間に合うかどうかわからない。

お正月まで慌ただしく過ごしたくないので、私はやんわりと首を振った。

「両親は、私たちに負けないほど新婚みたいにイチャイチャしたいと思いますし、大丈夫です」

「本当か？」

無理をしていないか心配してくれているので、私は大きく頷く。

「私、年末は讃良家に行くのちょっと楽しみだったんですよ」

梗介さんの実家には、以前、うちの親と挨拶しに伺ったことがある。

病院の裏にある三階建ての家で、ドッグラン付きの大きな庭では犬が三匹走り回っており、優雅で煌びやかな世界だった。

敷地の奥にはバスケコートがあって、高校時代、バスケ部だった梗介さんがよく練習していたらしい。今はお義父さんの美しい盆栽が飾られていた。

家の中も素敵で、お義母《かあ》さんは料理教室の先生をしているらしく、キッチンには外国製の高級キャビネットと本格的なオーブンが備えつけられていた。

「ああ。母が、一ノ瀬家のおせちを食べている君に、手料理を振る舞うのが恥ずかしいと言っていたな」

「そんなっ。私は全くの一般人ですよ！　庶民料理でさえ満足に作れないのに」

確かに祖母の家で毎年食べるおせちは、美味しい。

一人一つ、テーブル席に用意されている三重箱の中身は宝石のようで、子供の頃から好きだった。

祖母は料理が上手ではないと恥ずかしそうに言っていて、毎年食べるおせち料理は私たちがお見合いした料亭で作ってもらっている。

「俺たちが行かないなら、残念がるだろうな。どちらにしろ、うちの両親は行くみたいだが。ロサンゼルスの観光名所について、夜な夜な君のご両親と電話で盛り上がっていたから」

両親たちは私と梗介さんのお見合い以来、意気投合し、まるで友達のように電話やメールで親睦を深めているらしい。

「そうなんですね。じゃあ私たち抜きで、四人で楽しんでもらいましょうか」

「伝えておく。そうすれば正月は二人でゆっくりできるしな」

彼からそんな言葉を言ってもらえてうれしい。

「そうですね。海外はまだ行ったことがないので、行くなら二人で時間がある時に行きたいです」

「えっ？　そう……。海外旅行はまだ経験ないのか」

一瞬驚いた彼が、私の頭の上に顎《あご》を乗せて、何か感慨深そうに考えていた。

「本当に遅刻するので」

最近は一つ手前の駅で降りているので、少し早めに家を出るようにしている。やんわりと彼の膝の上から逃げて玄関に行き、用意していた鞄を手に取る。

振り返ると、彼はまだ少しぼんやりしている。

「梗介さん？」

「ああ。〝いってらっしゃいのキス〟だね」

違います。いえ、したいからいいんだけど、いつもなら私が行く時はなかなか離してくれないのに。一体何を考えていたんだろう。

少し不思議に思ったけれど、振ってくるキスの多さに爆笑してしまい、その違和感を忘れてしまった。

第七章
すべてうまくいくわけではない

「ええー。うっそぉ。どれもかわいいじゃあん」

今日のお客様は式を挙げる予定はなく、写真撮影のためにドレスのレンタルをご希望だ。新婦はとても羨ましくなるほどスタイル抜群で、もう籍は入れているらしく予約者は両方渡辺《わたなべ》さんとなっている。

腰まで伸びるハニーブラウンの柔らかい髪に、分厚い唇が魅力的な女性と、日焼けした肌が印象的な、豪快に笑うさっぱりした性格の男性だ。

お二人はうちの店舗に入るやいなや、私たちには目もくれず、エントランスを入って右手に並べてある衣装のほうへ直行された。

一階はオーダーメイドの打ち合わせ部屋と衣装部屋が並んでいて、衣装を眺めながら打ち合わせできるようになっている。

実際に見てから考えてもらうことにして、衣装担当のスタッフが衣装を案内することにした。

マリアベールやアクセサリーはインターネットでの注文が多いけれど、ウエディングドレスはこうやって店舗で実際に試着してから決めてもらうことが多い。

こんなふうに目を輝かせてじっくり選んでいただけると、私たちまでうれしくなる。

どの衣装にも興奮して目移りしている様子だったので、スタッフが人気のドレスを薦めていた。

「こちらのマーメイドドレスは、歩くたびにドレスの裾《すそ》が花びらのように揺れて美しいんですよ」

「わー。確かに。でも私、身体のラインが見えるの嫌だなあ。ぴっちりしすぎ。ねえ、ダーリン」

渡辺さんたちは互いに熱い視線を交わしていて、二人の世界に入っている様子。

男性のほうは笑顔で冗談を言いながら、自分の衣装のほうへ目を向ける。

「はいはい。ハニー。君はグラマーだからね。てか、男性の衣装って少ないね」

十着しかないタキシードを見ながら、旦那さんが「どれも同じに見えるな」と唸っていた。

確かに華やかなドレスは毎年デザインが多数出るが、男性の衣装は女性に比べて圧倒的に少ない。

「まあ、彼女が主役だからどれでもいっか。俺、これ」

男性はすぐに決めて、ウエディングドレスを選ぶ女性のほうに振り返る。

「う〜ん、私はこれにしようかな」

女性が選んだのは、デコールの派手な真っ赤なドレスと、今、若い人たちの間で一番人気のカラフルなグラデーションのレインボードレス、そして純白のドレスに十二メートルのマリアベール。

華やかな渡辺様にぴったりの衣装だった。

「こちらのレインボードレスは一番人気です。お目が高いですね」

「やっぱり？　これＳＮＳで女優さんが着てたのを見て、絶対に着てみたかったの。あ、コルセットも種類あるんだ。これがいいな。めっちゃ絞ってくださーい」

ロングビスチェを持って、渡辺様が後ろのホックを示す。

今の身体のラインは充分綺麗だけれど、本人の要望ならば一度試してみるしかない。早速、試着室に行って純白のドレスの試着にとりかかる。

一番キツい部分でホックをとめたけれど、本人は「美のため」と満足げな様子。

「うっわ。めっちゃ息できない。でもかわいいね。私、めっちゃお姫様じゃない？」

着終わると、カーテンを開けて旦那様にお披露目する女性。

「うん。かわいいね。でも砂浜で撮影だろ？　歩くのキツくない？」

心配そうに彼女の回りを一周する彼。

私は「三階に撮影スタジオもありますよ。少し身体を動かしてみますか？」と提案した。

主にオンラインストアのサイトに掲載する、商品画像を撮影するためのものだ。ただエレベーターが狭いので、衣装を着たまま上に行くにはフロア中央にある螺旋階段を使うしかない。

その点を説明するが、渡辺様は「ダーリンにエスコートしてもらうから大丈夫です」と快く承諾してくださった。

螺旋階段をぐるぐる回りながら上っていくと、二人はテンションを上げてはしゃぎだした。

「もしここでハイヒールが脱げたら、王子様みたいに履かせてね」

「俺なら君を逃がしはしないけど」

おおお。

私と梗介さんもなかなかにバカップルな気はしていたけど、渡辺様たちもとても仲がよくて見ているこちらまで幸せになる。

「もー！　店員さんたちも見てるのに、おばかーっ」

照れて新郎を思いっ切り叩いたと同時に、新婦の体勢が崩れた。階段から足を踏み外し、後ろ向きで落ちてくる――。

「おい、彩華《あやか》！」

叫ぶ新郎。

マリアベールを後ろから手で持って階段を上がっていた私は、咄嗟に彼女を下から支えた。

「うっ」

彼女を支えようとして、そのまま螺旋階段の手すりに背中を打ちつける。

渡辺様は私が庇ったのと同時に旦那様が手を引っ張ってくださったので、その場で座り込むだけで済んだ。

私は手すりに二、三回バウンドしたあと、落ちないように右手で手すりをつかむ。

その瞬間、私の右腕に激痛が走る。

痛っ！――。

骨に響くような痛みがじんじんと伝わり、一瞬息がうまく吸えなくなった。強烈な痛みに右手首から肘までが痺《しび》れてピリピリ痙攣《けいれん》している。

「おい、大丈夫か？」

新郎は新婦を支えるように立たせると、怪我《けが》がないか全身を見回している。

大丈夫かな、お怪我がなければいいけど……。

「ごめえん。ハイヒールとか慣れなくて」

「讃良先輩っ！」

螺旋階段の下に、お盆を持って固まる美里ちゃん。打ち合わせが終わったお客様の、お茶を片づけていたらしい。彼女は急いで接客スペースのテーブルにお盆を置くと、駆け寄ってくれた。

マリアベールを持っていたことから反応が遅れてしまった。それでも女性一人を受け止めるならば問題ないだろうけど、重量十キロ近い衣装も加算されて、思った以上にダメージを受けてしまった。

「すみませぇん。大丈夫ですか？　私ってば注意力散漫で」

渡辺様が今にも泣きだしそうな表情で、指をもじもじさせながらこちらを窺ってくる。

「……大丈夫です。渡辺様はお怪我は？」

「あたしは、店員さんが支えてくださったから大丈夫ですけど」

その言葉に、心から安堵する。

「それならよかったです」

おろおろたえる渡辺様に、ご心配をおかけしないよう平然とした様子で微笑んだ。

お客様に怪我がなくて、本当によかった……。

けれど右腕がズキズキと痛み、熱を持ち始めている。手すりに打ちつけた背中も痛むが、右腕に比べればまだ耐えられる。苦痛で顔を歪めそうになるのを必死に耐えて、美里ちゃんのほうを向く。

「渡辺様は上へ。美里……金井さん、一瞬だけ補助を代わってもらっていい？」

「もちろんです。私、このまま入れますので。讃良先輩は、すぐに腕を冷やしてきてください」

歩くたびに振動で手が痛む。オフィスに戻り、冷凍庫から保冷剤を取り出し、ハンカチに包んで腕に巻く。

手をグー、パーと開くのは問題ない。ただ、手を伸ばして何か取ろうとすると痛みが強まる。折れてはなさそうなのでそこは安心だけど。

「讃良先輩、大丈夫でしたか？」

自分のデスクで少し休んでいると、補助を終え、抜けてきた美里ちゃんが声をかけてきた。

心配かけないように左手でピースしてみる。けれど、本音を言えば、右腕はまだ熱を持っていてじんじん痛む。

「渡辺様たちは？」

「いったん、衣装担当の人に任せてますけど、すぐに戻ります。あとは私が引き継ぎますね」

「ありがとう。ごめんね」

あとは写真を撮って、本人たちに雰囲気をつかんでもらうのみ。美里ちゃんに任せれば安心だ。

「様子見て病院に行ったほうがいいです。あ、労災下りるから、すぐ総務に言って、労災指定の病院を教えてもらってくださいね」

テキパキと説明してくれているうちに、だんだんと痛みが和らいできた。伸ばさなければ痛くない。少し曲げてテーブルに置いておけば、普段通りだ。

「ありがとう。ひどくなったら行くから大丈夫。午後はなるべく安静にしておくよ」

「無理しないでくださいよ。先輩は何でもかんでも無理していろいろ抱えちゃうんですから」

「あの、私でよければ午後の補助交代します」

吉良さんがパソコンの向こうから顔を出し、挙手してくれた。

「今日のお客様の引き継ぎだけ伝えてくだされば……。代わりに本日ほかの店舗から届く荷物の仕分けをお願いしてもいいですか？　小物ばかりなので左手で可能です」

「うう。本当にありがとう」

美里ちゃんも吉良さんも、気が利くし優しい。

二人の気配りのおかげか、これ以上ひどい痛みを感じることはなかった。けれど簡単なデータ入力や仕分けを一人で淡々としているうちに、いろいろと後悔が溢れてくる。

ウエディングドレスとハイヒールで螺旋階段なんて普通に考えて危険だ。階段は履きなれた靴で上がってもらって、撮影スタジオでハイヒールを履いてもらえばよかった。そうすれば、未然に防げたかもしれない。

注意力散漫だったな。せっかく楽しんでくださっていたお客様に、もう少しで怪我を負わせるところだった。

もうちょっとうまく立ち回れるようになりたい。

ハンカチで押さえていた保冷剤が溶ける前に、腕の痛みは引いたけど、気分はどんどん沈んでいった。

かった。

＊＊＊

定時の十八時に退社して帰宅するも、当然のことながら梗介さんはまだ帰っていなかった。

外は寒く、自分の部屋でマフラーをほどきながら全身鏡に映った自分を見ると、鼻が真っ赤になっていた。急いでリビングへ行き、暖房を入れる。

今日は、梗介さんのお義母さんが送ってくださった北海道産のホタテとエビを使って、海鮮鍋をする予定だ。初めての料理なので、お義母さんが送ってくれたレシピをスマホで見ながら冷蔵庫のドアに手をかける。

「いったぁ！」

無意識に右手を使ってしまい、力を入れた瞬間、右腕に鋭い痛みが走る。

思わず身体を仰《の》け反《ぞ》ると、調理台に置いていた鍋やまな板にぶつかり、それらが落下。大きな音を立ててしまった。包丁はまだ用意していなかったのでセーフ。

「……今の痛みなんだろ？」

私はうずくまって腕を確認する。グーパーと手を広げても痛みはないのに、力を入れた瞬間、息もできないほどの激痛を感じた。

「咲良？」

ふわりと花の匂いがした。

顔を上げると、青ざめた梗介さんが花束を放り投げながら私のもとに駆け寄ってくる。

物が落ちたせいで、玄関のドアが開く音に気づかなかった。

「どうした？　体調が悪いのか？」

「はい。実は今日、少し腕を痛めたようで」

「腕？」

梗介さんが私の右手を優しくつかむ。そして袖をめくり、左腕の袖もまくった。

「左腕は大丈夫だけど、右腕は腫《は》れてるな。内出血もある。折れてなさそうだがひどい炎症だ」

「炎症？　じゃあ炎症止めでも飲めば大丈夫ですかね」

「いや、筋を痛めているはずだ。明日病院に行って、筋を痛めただけだったら、整体を紹介しよう」

「ありがとうございます」

立ち上がって落とした鍋やまな板を拾おうとしたら、彼は「こら」と私を注意して拾ってくれた。

そして梗介さんにソファに座るように促されたので、大人しくリビングに行って座る。

すぐに寝室へ向かった梗介さんは、大きな段ボールを持って戻ってきた。

どうやら応急処置用の救急箱のようだ。

彼は包帯を取り出しながら、箱の中を覗いていた私の頭を撫でてくれる。その手が私を安心させてくれる。

こんな時に、梗介さんがお医者様でよかった。私一人で右腕の腫れに気づいていたら、パニックを起こしていたに違いない。

私が簡単に右腕の怪我について説明すると、彼は包帯を持ったまま、考えながら頷く。

「すぐに冷やしたのは正解だ。筋を痛めているから、包帯でキツく締めつけるが、少しは痛みがとれるだろう」

包帯でギチギチに腕を巻かれると、確かに痛みが和らいだ。

「ありがとうございます」

「大きな音がして、咲良がうずくまっていたから心臓が止まるかと思ったよ」

梗介さんは散らばった花束と鞄を拾い、ようやくネクタイをゆるめてひと息つく。

「花束、ありがとうございます」

チョコレートコスモスの花束は珍しい。マンションから見える公園にも咲いていない花だ。

「珍しいから咲良に見てもらいたかったんだが、それどころじゃなくなった」

私のためにすべて放り投げて駆けつけてくれた梗介さんに、好きって気持ちが溢れて、今すぐ抱きつきたくなった。

「腕が治ったら真っ先に抱きつきます」

「そうだな。いい判断だ。では二週間は俺が抱きしめておく」

「……お願いします」

微笑んだ彼は、ネクタイをテーブルに置いた。そして私の隣に座り、私の頭を撫でながら引き寄せて抱きしめてくれた。

あの少しの診断で、梗介さんは全治二週間と判断したようだ。

もっとうまくお客様を助けられればよかったけど、二週間なら何とかクリスマスイベントに間に合う。

祖母の花壇も植え替えは終わっていて、あとは簡単な草取りや肥料撒きぐらいだから何とかできるだろう。

「いろいろと余計な心配はせず、今は自分の身体優先でいることだ」

私があれこれ考えているのは、彼にはお見通しらしい。

何でもバレてしまうのは悔しくて、頬を膨らませて見上げる。

「梗介さんのことを考えていたのかもしれないですよ」

少しはドキッとしてくれるかなと期待したのに、意外と飄々としていて、逆に余裕たっぷりの笑顔を向けられてしまった。

「ふ。俺のことを考えている時はもっとにやけてるよ」

「に、にやけてません」

意地悪……でも、顔に全部出てるのかな。気をつけなくちゃ。

明日、半休を取って病院に行くとなれば、問題なのは仕事のこと。

仕事の引き継ぎをいくつか美里ちゃんに頼まなきゃ。

早速、彼女にメールしようとすると、横から見ていた彼が眉をひそめながら私の鼻をつまんだ。

「こら。絶対安静だ」

「これだけ！　明日の仕事の引き継ぎだけでも」

スマホを奪おうとする彼に、身をよじる。

すると、ソファに背中が当たり、大きく痛みが走った。

「ったあい！」

「大丈夫か？　背中も怪我してたのか」

彼は私の服の裾をめくって背中を確認すると、「痣《あざ》ができている」と教えてくれた。

「う。実は背中を階段の手すりに打ちつけました」

「なぜ、それも最初に説明しないんだ？」

はあ、とため息をつかれて萎縮してしまう。

「今回のことは咲良らしくて誇らしいよ。が、怪我をしたら些細な傷でもちゃんと話してほしい。心配だから」

「すみません」

頭を下げると、彼は私の頭に手を乗せてきた。そして優しい声で、私を愛おしげに見つめながら言う。

「謝るんじゃなくて、こういう時は甘えていいんだよ」

「……ありがとうございます」

早く右腕を治して、もっとたくさん甘えたい。そしていっぱい感謝を伝えたい。

その日、痛む腕を庇いつつ一緒に眠ったけど、とても幸せに包まれていた。

＊＊＊

次の日、梗介さんをお見送りしてから讃良病院へ向かった。

梗介さんの病院が労災指定病院でよかった。縁の深い一ノ瀬家の末席ではあるが、私は家の近くの病院をかかりつけにしていたので、讃良病院へ行くのはほぼ初めてに近い。

徒歩五分ほどの最寄り駅から、病院前のバス停までおよそ十分。

町を見下ろすようにそびえ立つのは地上十八階、地下二階の大病院だ。十階から上が病棟で、祖母が最上階の十八階で入院した際にお見舞いに行ったのは五歳の頃だったかな。どこかのホテルかと驚いた記憶がある。

病院の敷地内に入ると、人工芝の庭では、患者が散歩したり作業療法士とリハビリしている。煉瓦の通路の横にはモニュメントや噴水があり、天使のような子供たちが走り回っていた。

エントランスに入ると、一階にはオシャレなカフェやコンビニなどがあり、あちこちにノースポールやアネモネ、マーガレットなど見知った花からスノードロップなど珍しい花が飾られている。

院内にあるこれらの花は、アレルギー患者への配慮から、実はすべて造花なのだそうだ。それでもたくさんの種類があって、とても華やかに感じられる。

それにしても広い。

遠目からでも梗介さんの仕事姿を見られたら……なんて邪《よこしま》な感情をどうにか抑え、彼が継ぐであろう病院を観察することにする。自動グランドピアノの演奏を聞きながら受診票を書き、自分の番を待つ。

三十分ほど待ってから、親切で丁寧なお医者様に診《み》てもらう。レントゲンを撮ったが骨には異常がなく、安心して終わった。

病院は大きくて躊躇したけれど、中に入ってみれば、看護師も医師も優しい方ばかりで、緊張していた気持ちが和らいでいく。

何だか梗介さん本人みたい。見た目は近寄りがたいけど、中身を知るときっと皆、好きになっちゃうんだ。

渡り廊下を歩き、中庭のほうを見る。

小児科の子供たちが、看護師や医師に車椅子や点滴を押してもらいながら、散歩しているのが見える。

「えっ？」

その中に梗介さんがいて、思わず窓にのめり込むほど中庭を覗き込んでしまった。

梗介さんは子供二人に背中やお腹に抱きつかれている。何か口頭で注意しながらも、子供の視線まで屈み込み、微笑む。私だけが知っていると思っていた優しい微笑みを、子供たちにも向けている。

「あれ、あいつあんなところに……休憩中ぐらい、しっかり休めばいいのに。また小児科に行ってるのか。あいつ、倒れるぞ」

隣に男性がやってきて、梗介さんを見ながら呟いている。

とても親しみがこもった発言に、彼の顔を見上げる。

梗介さんと親しい人なのかな。

人懐っこい犬みたいなかわいい笑顔の男性は、看護師でも医師でもないようだ。胸元には理学療法士と書かれている。

「あれ、どこかでお会いしたような……」

私の視線に気づいた彼が、こちらをまじまじと見つめてくる。

「いえいえ！　すみませんっ」

見すぎて失礼だったかな……と思い謝ると、持っていた診察カードを落としてしまった。

すかさず拾ってくれる彼。

「……津田咲良さん」

私の名前を口の中で転がすように言うと、首を傾げる。

なので私も同じ方向に首を傾げてみた。

「あーっ！」

彼は急に大きな声を出して飛び上がると、人懐っこい顔で満面の笑みを向けてきた。

「梗介の奥さんじゃん。俺、高校の時からあいつの友達で、鶴丸《つるまる》って言います。実は、あいつがロッカーにこっそり忍ばせてるあなたの写真見ちゃったことがあって、顔は知ってました」

ロッカーに写真？

中庭でいまだに子供たちに捕まっている、梗介さんをチラリと見た。

そんなことしてくれてたなんて……うれしさが込み上げる。

「夫がいつもお世話になっております」

自分で言って恥ずかしくなってきた。こんなセリフを私みたいな小娘が言っていいものか怪しいものだ。

深々とお辞儀して顔を上げると、鶴丸さんは目を丸くしていた。

「えーっ。あいつ……じゃない。讃良先生って本当に結婚してたんですね。しかもかわいい。勝手に奥さんの写真見たのがバレた時、親友じゃなかったら殺されてましたよ、俺」

「あ、はは。彼らしいです」

「でも結婚したって報告あってから、讃良先生、すっげえ変わりましたよ。何ていうか、それまでは近寄るなオーラが半端なかったですけど、今はあんな感じ。今日も自分から小児病棟のクリスマスツリーの飾りつけを手伝いに行ってるし。最近、本当に雰囲気が和らいでます」

「そうなんですね」

「去年なんて、小児科のクリスマス会でトナカイ役して、威圧感で子供号泣させてたのに。真っ赤なつけ鼻して顔が怖いトナカイってどうですか?」

トナカイの角に見立てて、目の上に人差し指を当てて、豪快に笑う。表情豊かで、梗介さんとは正反対のような人だ。

「ふふふ」

想像して笑ってしまった。

梗介さん、無表情で淡々と子供にプレゼントを配ってたのかな。

「そうだ。腕は大丈夫ですか？　讃良先生、奥様の怪我をとても気にしてましたよ」

「軽い肉離れだったんですけど、炎症止めを飲んで部分圧迫したら、だいぶよくなりました」

「そうなんですね。圧迫したら筋肉固まっちゃうから、治ったら整骨院でほぐしてもらってください。俺の実家、整骨院やっているんで。うちの鶴丸整骨院なら、昔の梗介の話も聞けてお値段プライスレスですよ」

彼はポケットからショップカードのようなものを取り出し、差し出してきた。

受け取って見ると、そこには『鶴丸整骨院』と書かれてある。

「なるほど。ありがとうございます」

明るくて、トークも面白い鶴丸さん。

梗介さんとは正反対だから気が合うのかな。

話が弾み、転んだ時の受け身の取り方まで丁寧に教えてくれた。

また鶴丸整骨院では、定期的に家でできるリハビリ方法やＡＥＤの使い方などの講習会をしているらしく、興味が湧いた。

歩行補助のやり方がわかれば祖母が歩く手助けができるし、ＡＥＤの使い方を知っていれば、祖母が発作を起こして危険な時に、命を助けられるかもしれない。それに、祖母の診療をする梗介さんのサポートにもなるかも。

自分磨きにもなるし、参加してみようかな。

それから梗介さんの高校時代の話を聞かせてもらったりして、盛り上がっていると、渡り廊下に大きく革靴の音が響いた。

白衣を翻《ひるがえ》しながら、梗介さんがこちらに向かってくる。先ほどとは打って変わって、険しい顔だ。

「勝手に何を話している？」

「何って患者さんと話すのに、讃良先生の許可がいるの？　ヤキモチ焼いちゃって」

ふふんとからかう鶴丸さんに、梗介さんの眉間の皺が深くなった。

「そんな怖い顔を、あの子たちが見たら怯《おび》えちゃうよ」

鶴丸さんが中庭を指差すと、子供たちが一生懸命に手を振っている。

そして鶴丸さんは私のほうを振り向いた。

「この人、病院を花で飾ったり、子供たちを喜ばせたりと、無駄に仕事増やして死にかけているんで、家でいっぱい癒してあげてくださいね」

「え、あ、はい。もちろんです！」

左腕でガッツポーズすると、鶴丸さんが梗介さんのほうをにやけ顔で見る。

「鶴丸、余計なことは言わなくていい。そろそろ黙らないと窓から放り投げるぞ」

バツが悪そうな梗介さん。

私に聞かれたくなかったのかな？

疲れをためるのは心配だけど、患者さんや子供たちのために一生懸命な梗介さんを尊敬してしまう。

「別に言ってもいいじゃん。奥さんに頑張ってるとこ見せないようにしてるのか？カッコつけちゃって」

からかうような表情の鶴丸さんに、梗介さんが顔をしかめて言う。

「ちょうどよかった。待合室にもクリスマスツリーが欲しかったんだ。お前に緑色の布を被せて廊下に飾りつけてやろう」

「きゃー。横暴よー。讃良病院の未来が危ういわよー！」

鶴丸さんがクネクネと身体を動かして、女性のような高い声を出すので、我慢できずに噴き出してしまった。

「あの！」

鶴丸さんが彼をいじり続けるので、私は訂正だけはさせてもらう。

「梗介さんは、カッコつけなくてもいつも素敵ですよっ」

その瞬間、鶴丸さんは一瞬固まったあと、大声で笑い転げ、梗介さんに「絶対にクリスマスツリーにしてやる」と宣言されてしまっていた。

笑い上戸の鶴丸さんは仕事場へ戻り、梗介さんも一度腕時計を確認してから「エントランスまで送る」と私の横に並んだ。

忙しいのに、少しでも一緒にいようとしてくれる彼にときめいてしまう。

廊下で看護師やほかの病院関係者とすれ違うたびに、なぜか私に視線が注がれる。

「ところで鶴丸とは何を話してたんだ？」

「えっと鶴丸整骨院の紹介と、ロッカーの……」

これは、言ったら鶴丸さんが怒られるかも……と口を片手で隠したけど、遅かった。

梗介さんは目を細め、鋭い眼差しでこちらを見てくる。

「ロッカーに私の写真を飾っていたから、私が奥さんだと気づいたって言ってました」

「……そうか。鶴丸を二度としゃべれないように手術してくる」

じょ、冗談だよね？　目が全く笑ってないけど。

慌てて白衣の裾をつかむと、梗介さんの耳が赤いことに気づいた。

もしかして、照れてる？　鶴丸さんとの話を気にするのも、もしかしてヤキモチ？

いや、そんな子供っぽい人じゃないよね。

「写真、飾ってるんですか？」

「鶴丸が見せろとうるさいから、父が勝手に式の写真を見せようとしたので、奪ってロッカーに入れていた」

耳が真っ赤だけど、顔は怒っているみたい。これって照れ隠しなのかな。

眉間に皺を寄せる彼を見て、うれしくてだらしなく顔がほころぶ。

「ふふ。ありがとうございます！」

「それで、鶴丸は馴れ馴れしい奴だけど、嫌なことされなかったか？」

話を変えたそうだったので、私ももう何も言わず、笑顔で首を振る。

「いえ。面白い人でした」

「……そうか。明日から面白いクリスマスツリーができるな」

ムキになる彼を見て、また妬《や》ているのかなってうれしくなった。口に出したら彼が拗ねそうなので、笑いを堪えるのに必死だ。

こんな梗介さんを見るのは初めてで新鮮だ。

大人で落ち着いていて頼れる彼が、普段は絶対に見せてくれない顔。

こんな梗介さんもまだまだたくさん見たい。知らない部分がないぐらい知りたい。

梗介さんの白衣を引っ張ると、頬を膨らませて非難の目を向ける。

「私、猛烈に鶴丸さんに嫉妬《しっと》していますっ」

「あいつの何を?」

「いろんな梗介さんを知ってる。私より知ってる気がします」

学生時代の梗介さんや、仕事中の梗介さん、私の知らない彼のことをたくさん知っている。

「そんなこと」

彼は辺りを見回し、誰もいないことを確認してから続ける。

「君しか知らない俺のほうが多いよ」

「う。眩しい」

表情はやや照れているようだが、きっと遠目だと表情の変化は読み取れないだろう。

「その照れた顔も、私の独り占めですか?」

「これを照れているとわかるのは、咲良ぐらいだな」

怒ったように眉間に皺が寄っているけど、照れ隠しだって今ならわかる。

ロビーまで来ると、待合室の患者さんたちから視線を注がれる。

カッコいい梗介さんはどこに行っても注目の的だけど、隣にいる私まで好奇の目にさらされ、落ち着かない。『何であんな子が、梗介さんの隣に？』って思っている人もいそう。

「そうだ。入り口に造花が植えてあったの見た？」

「見ました！　すごく鮮やかで綺麗でした」

「あれは鶴丸の言った通り俺からの提案なんだが、父もほかの医師たちからも驚かれた」

「えー。梗介さんは私の花壇いじりの手伝いをしてくれるからお花詳しいし、好きなのに」

「最初は受付に小さな造花を飾ってみただけだ。だが、評判は患者からも看護師からも悪くなかった」

その瞬間、彼が微笑んだ。

「君の真似をしたつもりだった。小さな変化だが、それまで怖がられたり避けられたりすることのほうが多かった俺が、最近は『空気が和らいだ』と言われるようになった」

先ほど鶴丸さんが言っていた通りだ。

私を見る梗介さんの顔は穏やかで、誰にも見せたくないぐらい柔らかく微笑んでいた。

「君のおかげで、俺も少しは成長しているようだ」

「えへへ。そんな。梗介さんは前から素敵ですよ」

ドジで失敗ばかりの私のことを褒めてくれるのは、梗介さんしかない。

「おーい。ここだけ熱いぞ」

ニヤニヤしながら鶴丸さんが私たちの横を通り抜ける。車椅子の患者さんと外にリハビリに行くようだ。

「では、また。今日は早めに帰る。家事はしないで腕を休めて」

「大丈夫です。午後から仕事ですが、事務作業なので」

「無理はしないように。俺は今から鶴丸を、クリスマスツリーにしてくる」

私の頭をポンポンと撫でたあと、目配せして去っていく。

「ふふふ。はーい」

腕まくりして近づいてくる梗介さんに気づいた鶴丸さんは、目を大きく見開き急いで逃げていった。

病院のスタッフたちが微笑ましく見ている。

もし彼の周りが変化したのであれば、それは彼が成長したからではない。彼の素敵なところをようやく周りが気づいたんだ。

揺れる造花の花を見ながら、ここへ来てよかったと実感する。腕は痛むものの、とても充実して満たされた時間だった。

会社までスキップで行きたくなった。

第八章
悪夢再び

それから一週間が経った。

クリスマスムードの街はにぎわい、家の窓から見える公園はイルミネーションで飾られ美しく輝いている。

うちのオフィスにも小さなクリスマスツリーが飾られた。

仕事の休憩中、私はサラダを食べながら右腕を観察する。

まだ完治はしていないものの、痛みが我慢できるほどに回復した。鶴丸整骨院で何度か施術してもらったけど、激痛を我慢したおかげで回復が早くなったと思う。椅子に座っての事務仕事なら長時間していても平気になってきた。

そしてAEDの講習会にも参加し、応急処置の方法もいくつか教えてもらった。

が、肝心の梗介さんとの時間が減っている。

この一週間、彼がきちんと帰れたのは一日二日ほど。それも朝、へろへろになりながらシャワーを浴びて、眠たそうなのに私の周りをうろうろするので寝室に押し込む日々。

最新医療機器を揃えた讃良大病院は、最先端の治療ができると評判のうえ、鶴丸さん曰く、県外からたらい回しにされた患者も受け入れているので、多くの患者がやってくる。

この一週間、多忙なのは、担当している患者の容態が安定しないのと、緊急搬送された患者の受け入れや手術が続いているからだそうだ。

『無理しないでくださいね』と気の利いた言葉しかかけられない私に、『落ち着いたら君を摂取させてもらう』と抱きついてくる彼……今思い出しても頬が熱くなる。

私も、彼が落ち着いたらもっとイチャイチャしたい。

年末は彼と二人でゆっくり過ごせるけど、年始は祖母の家で一ノ瀬家の集まりがあるから、あまりゆっくりできないだろう。

一週間後のクリスマスは一緒に過ごせなくても、せめてどこかで二人の時間を取りたい。

『今日も夜ご飯は用意しなくていい。もう準備していたらすまない』

そんなメールが来たので、机に突っ伏してしまうほど悲しい。

どうやらまだ彼との甘い時間はお預けらしい。おかげで食欲も湧かないし、いいダイエットになっているといいんだけど。

『了解です。無理しないでね。ご飯は大丈夫ですよ』

今日は祖母の診察日だから、そこで会えるかな。

先日祖母に、今年の新年の集まりは梗介さんも顔を出すと伝えると、小躍りするほど喜んでいて、玄関のシャンデリアを修繕したり駐車場の改装をしたりと、張り切っていた。

今日も何をしているのか見に行って相談に乗りたいし、霜が降りる時期なので葉や土の様子も見たい。何より梗介さんに会いたい。

＊＊＊

仕事が終わって祖母の家に向かう途中、久々にケーキを買ってみた。

毎日、お昼にサラダのみでダイエットを頑張っていたし、梗介さんに会えなさすぎて元気が出なかったので、自分へのごほうびだ。

梗介さんは忙しいから食べる時間はないかもしれないけど、念のため、祖母との三人分を持っていく。

ほんのちょっとの時間だけでも、一緒に笑って食べられるといいな。

吐く息は白く、空にはネコの目のような三日月が浮かぶ夜だった。

重たい鉄の門は、握るととても冷たかった。

祖母は庭師にイルミネーションをお願いしたようで、木々は淡いイルミネーションで点滅し、光り輝いていた。

祖母の部屋とリビングと客間の窓から明かりが漏れている。

なので私の視線は屋敷にしか向いていなかった。東屋へ気を配ることなんて全くなかった。

でも、不意にパキッと小枝を踏んだような小さな音が聞こえて、数メートル先の東屋へ視線を向ける。

その先に、人影が重なっているのが見えた。

「わかるでしょ？」

甘い誘うような声が聞こえてきた。

「私よりいい女なんてこの世にいないもの」

女性がスーツ姿の男性にしがみつき、衣擦れの音がする。

男性の背中に回す女性の手のネイルが、イルミネーションの光に照らされ輝いている。

「──っ」

少しキツい香水の匂いに、抱きついているのが亜里砂ちゃんだとわかった。

何となく見てはいけない気がして慌てて踵《きびす》を返し、門まで戻った私はその場にケーキの箱を落としてしまった。

イルミネーションに気を取られて最初は気づかなかったけれど、駐車場に彼の車が停まっていた。

「……梗介、さん」

亜里砂ちゃんに抱きしめられていたのは、梗介さんだった。

嫌がる素振りもない。振り解こうとする様子もない。

私の大切な花畑――。

その花畑の中心にある東屋で、まるで映画のヒロインのように亜里砂ちゃんが彼を抱きしめていた。

ガツンと頭を殴られたかのような衝撃が走り、微塵も動けず立ち尽くす。

「もー。待ってよ」

梗介さんが家の中に入っていくのを、亜里砂ちゃんが追いかけていく。その声は、弾んでいてとてもうれしそうだった。

白いカシミアの高級そうなコートから、長くて細い足が見える。

頭がパニックになる中、彼女のスタイルがいいのだけは遠目でもわかった。

そこからどうやって家まで帰ったか覚えていない。気づいたらケーキの箱と共に、自分の部屋にいた。

亜里砂ちゃんとどうして抱き合っていたのか、何で亜里砂ちゃんとそこにいたのか、なんて聞くのが怖い。

私には何も勝てるところなんてないのに。何も持っていないのに。

聞けないよ。聞けない。

『私よりいい女なんてこの世にいないもの』

確かに、亜里砂ちゃんはかわいくて自信に満ち溢れていて、引っ込み思案の私を皆の輪の中に入れてくれるような性格のいい子。

それに比べて私は……こんな自分が嫌だ。劣等感の塊だから、余計に。

恐る恐る体重計に乗ってみる。

「……減って、ない」

数値を見ながら、愕然《がくぜん》とする。ショックで足が震えてきた。

毎日サラダにしたのに。なるべくひと駅分歩くようにしていたのに。

……何も変わっていなかった。

努力したつもりが、全然できていなかった。彼が甘やかしてくれるので、気持ちがどこかゆるんでいたんだ。

今日だって、ケーキを食べようとしていたし。ちゃんと本気で変わろうともしていないくせに、『ごほうびだ』って勝手に食べようとしていた。

体重計から降りてその場にうずくまる。気づけば涙が流れていた。

亜里砂ちゃんと梗介さんが抱き合っていた。

昔のことを彼に聞いた時、亜里砂ちゃんに一方的に抱きつかれただけだって言ってたけど……今日は振り払う様子もなかった。亜里砂ちゃんを受け入れていた。

この前は冷たい言葉を浴びせていたのに。『興味がない』って言ってたのに……。

私に隠れて、二人は会っていたのかな。私が手入れした庭で、私に隠れて、会っていたのかな。

涙が頬を伝い、その場で動けなくなった。

自由奔放な亜里砂ちゃん。モデルだってしてるから結婚はまだしたくないのかもしれない。

それで周りに急かされた彼は、カモフラージュで私と結婚した？　やっぱりおばあちゃんの頼みだから断り切れなくて結婚しただけ？

最悪の想像に、眩暈《めまい》と吐き気が襲ってくる。

今まで、いろんな表情の梗介さんを見てきた。

幸せだった。夢の中かと何度も思った。本当にあの幸せが夢だったのなら、これ以上の絶望はない。

……信じたい。信じたいのに、信じられるほどの自信が自分にはない。

亜里砂ちゃんに勝てるところなんてないもの。

見た目も敵わないし、性格だって亜里砂ちゃんみたいにもっと強く堂々としていたいのに、自信がなくて劣等感でいっぱいだ。仕事だってまだフォローされてばかりだし、後輩の失敗を防ぐことだってできなかった。

内面も輝いて、梗介さんにふさわしい女性になりたいのに、怪我して心配かけてばかり。今日だって逃げることしかできなかった。

もう頭の中がぐちゃぐちゃだ。

同じ考えばかりが頭をよぎり、堂々巡り。亜里砂ちゃんと梗介さんがどうこうなっても、私に止められるはずがない。

心の中に汚い感情が湧いてくる。

こんな自分、梗介さんに知られたくない。見られたくない。どんな顔をしていいかわからない。何もなかったかのように接することなんてできない。

それに、会ったらひどい言葉を投げかけてしまいそう。今日のことを確認して、幸せが壊れてしまうのも怖い。

こんな惨めな自分で、梗介さんに向き合うことなんてできない。会うのが怖い……。

真っ暗な部屋の中で、スマホがチカチカ光る。

受信したメールの文字が滲んで見える。

何度も目を擦り、画面を凝視した。

『今日は一ノ瀬さんの家に来ないの？』

梗介さんからの連絡。まるで私に亜里砂ちゃんとの密会を見られていないか確認しているように感じる。

すべてをマイナス思考で受け止めてしまう。

何事もなかったかのように返信しても、嘘で塗り固めた自分がさらに嫌いになりそうだった。

いつもならウキウキと返していたメール。

今日は何て打っていいのかわからない。

伸びた指先は震えている。

『梗介さんも仕事が忙しそうで当分すれ違いそうなので、実家の片づけのためにしばらく出かけます』

＊＊＊

そんな最低な嘘をついて五日が過ぎた。

実家なんてとっくにクリーニングが済んで、年明けには親戚が引っ越してくる予定だ。今さら片づける物なんて何もない。

もう右腕の痛みもなくなり、テーピングも外したけれど、代わりに今は胸が押し潰されそうに痛む。

あれから芽依たちの家に逃げて、悶々《もんもん》と過ごす日々。

梗介さんからのメールは開かず、電話も無視している。睡眠もろくにとれておらず、食欲なんて全く湧かない。

ぐちゃぐちゃになったケーキは、芽依たちが『美味しいよ』と食べてくれて、ただただ情けなく泣く私に『クリスマスまではいてもいいよ』と優しく声をかけてくれた。

『クリスマスは、私も夫婦でゆっくり過ごしたいし。咲良もその日は旦那さんと会って話したほうがいいと思う』

そう言われたけど、クリスマスまであと二日。

まだ心の整理はできていない。

私はリビングのソファに座ったまま、飾ってあるクリスマスツリーやサンタの洋服をぼんやり見ていた。

「……居座っちゃってごめんね。ごめん」

ラブラブな夫婦の家に上がり込んでしまったのに、嫌な顔一つしない二人に、申し訳なくて何度も頭を下げる。

「気にしなくていいよ」

隣に座っている芽依に、よしよしと笑顔で頭を撫でられ、涙が出そうになる。

「咲良さん、少しは食べたほうがいいよ」

亮くんがフライパンを持ったまま、美味しそうな匂いのするキッチンから顔を覗かせた。

匂いの正体は、焼いてカリカリになったベーコン。

クリームパスタを作ってくれているようだ。

ありがたいけれど、一ミリも痩《や》せていない身体と、梗介さんから逃げている後ろめたさから、食欲が湧かない。

それ以前に、生きる気力が湧いてこないのだ。

彼からの、本日四度目の着信が鳴り終わった。

このまま時間が過ぎていくだけでは何も解決しない。

どうしたらいいのだろうか。

いろんな思いでごちゃ混ぜになった感情を彼にぶつけてしまえば、絶対に嫌われてしまう。きっともう微笑んでくれない。

亜里砂ちゃんに敵わないってわかっているのに、今は亜里砂ちゃんの顔を思い出すと、どす黒い感情が湧き上がってくる。醜い嫉妬心や怒りで心が染まっていく。

大好きな二人が、自分を裏切っていたなんて……もしそれが真実だったら惨めで虚しくて、発狂してしまいそう。

せっかく彼のいろんな表情を知ってきたのに。独り占めできたと思っていたのに。

でも、それは錯覚だったのかもしれない。私よりも、亜里砂ちゃんのほうが彼のことをよく知っているんじゃないかな。

私の影響で職場に花を飾るようになったって言ってくれて、うれしかった。けれど、たまたま私の行動をヒントにしただけで、私に気持ちがあったわけじゃないのかもしれない。

わからない。彼の気持ちが今はわからないし、真実を知ってしまうのは怖い。

今私が思っていることすべてを伝えて、彼の愛情を失ってしまうのが怖い。今のこの関係が壊れてしまうのが怖い……。

「何で食べてないのに、痩せないいんだろう」

「筋トレもしてる？」

芽依が私をじっと観察してくる。

「なるべく歩くようにしてる」

「それじゃない？　筋肉がつくと体重が増えるから。脂肪が落ちるって感じるのは数ヵ月後なんだよ。すぐに変化は起きないって。もっと身体動かしたほうが気も紛れていいかもしれないね」

芽依は私を励ますように、にこりと笑う。

「そうなの？　でも、そこまで筋トレしてるわけでも……」

会話の途中で、また着信が鳴り響いた。

驚いてビクッとした私の代わりに、芽依が液晶画面を見てくれた。

「おばあちゃんからみたいだよ」

「う……そうだった」

この前、庭で引き返したから祖母にも会っていない。それ以来、祖母の家には行っていないから、もう一週間は会っていない。結婚前は週に三、四回は顔を出していたのだから不自然だった。

仕事が忙しくてしばらく行けそうにないと伝えなくては。

私はスマホを持って廊下に出る。罪悪感で胸が押し潰されそう。

「もしもし、おばあちゃん？」

『もしもーし！　咲良ちゃん、大変なのよ！』

祖母がいつもより焦った声で、まくし立てるように教えてくれた。

『お花がね、ようやく咲いたと思っていたお花が元気がないの！』

「え。どの花？　どこの花？」

今年から植えてみたスノードロップだろうか。冬椿かもしれない。一体どれだろう。

『私じゃよくわからないわ。少し前まで咲良ちゃんのおかげで、とても幸せそうに咲いていたのに。明日は、誰も来ないし見に来られないかしら？』

明日……。

梗介さんの診察日はあさってだろう。

明日なら夕方から行ける。

私が顔を出さなかったせいで、お花さえ弱ってしまうなんて、本当に情けない。何もかもうまくいかない。

「うん。明日、夕方行けると思う」

『わーい。待ってるわね。夕ご飯は出前でも取ろうかしら？』

「ううん、大丈夫。遅くならないうちに帰るから」

胸がちくりと痛んだ。

祖母が私たちを半ば強引にお見合いさせてくれなかったら、夫婦になんてなっていなかった。

一番喜んでくれて、一番うれしそうだったのは祖母だ。

それなのに、祖母が残念がるだろう今の状態を、何とかしないといけない。

けれど脳裏に浮かぶのは、私が育てた花畑の中で彼に抱きつく綺麗な亜里砂ちゃん。

思い出すだけで、また悲しみが押し寄せてきた。

泣きすぎて腫れぼったい瞼《まぶた》は、瞬きするのも億劫《おっくう》。

幸せだと勘違いしていた日々を思い出すと、何もする気が起きない。

大好きだった二人は、私に隠れてどんな思いで抱き合っていたのか、考えるだけで吐き気が込み上げる。今までの優しい梗介さんを知っているから、信じたいのに逃げてしまう。そんな弱くて情けない自分も嫌いだ。

また涙が込み上げてきた。

劣等感と嫉妬と、夢から覚めたような絶望にさいなまれる。髪の艶もなくなり、ひどい有様。

中途半端な努力しかできない自分が悪いのに、傷ついてボロボロになっているのが、どうしようもなく惨めだった。

「……梗介さん」

会いたいのに会えないのは、私の臆病で破綻《はたん》した思考のせいだ。

本当は、早く抱きつきたいのに……。

涙を拭《ぬぐ》って、またリビングに戻る。

「電話、大丈夫だった？」

芽依がそばに駆け寄り、私の顔を覗き込みながら心配してくれる。

「やっぱ咲良さん、顔色悪いよ」

食事を運びながら、眉を八の字にした亮くんにも心配されてしまう。

「大丈夫です」

私は力なく笑った。

＊＊＊

翌日、ボロボロの顔を化粧で必死に隠して、会社へ出勤した。

何を食べても味がしない。美味しくもない。

幸せそうにウエディングドレスを選ぶお客様の補助や接客をしていても、無理に笑顔を作って頬がこわばる。

クリスマスイベントは明日まで続くけど、今のところ大成功。

余裕を持ってスケジュールを組んでいたおかげで時間がズレることもなく、大きなトラブルも起きていない。

ヒールで立ちっぱなしの足はパンパンだったし、目の回る忙しさだったが、これが一年の締めだと思えば乗り切れる。

明日はいよいよクリスマス。

昼間のお客様は多いものの、夜は恋人たちの時間なので予約希望者も少なく、夕方には落ち着きそうだ。

イベントが終われば、年内の主な仕事は購入者やオーダーメイド希望者のリストを作成して、担当を割り振るだけ。もう少しで年末休みだ。

「讃良せんぱーい。部長サンタが今日夜ご飯好きなとこ行こうって。まだ終わってないけど、イベントのお疲れ様会だって」

クリスマスイベントは、明日の二十五日まで開催される。が、終了当日は家族や恋人との予定を入れているスタッフが多く、ひと足早く行われることになった。

「今日は祖母のお見舞いに行かなくちゃいけなくて、ごめんなさい」

部長は四十代後半なのに、私たちとの年齢差を感じさせない美魔女。高級ホテルのケータリングを利用したり、有名レストランを貸し切ったりと、経費と称して私たちを派手に連れ回すのが好きな人だ。

食べられないほどのごちそうを上機嫌で注文しようとするのを、ベテランの先輩がストップする、というのがいつものパターン。もしついていったら、終電ギリギリまで帰れる状況にならない。

いつもなら参加したいけれど、食事も喉を通らないこの状況では、逃げるしかないから、今日、用事があってよかった。

「そうなんだ。先輩の食べたいメニューがあれば早めに部長にお伝えしようと思ってたんですけど残念です。今回は、提携先の結婚式場を貸し切るそうですよ」

「えー。また派手だね」

「式場見学フェアのかたちのままの会場があるんですって。明日解体だから、今日は好きに使っていいとか」

美里ちゃんの声は心なしか弾んでいる。

また部長が有名レストランのケータリングを準備しているからかな。

「まあ先輩は新婚だし。めっちゃカッコいい旦那様だって吉良ちゃんも言ってたし、早く帰りたいですよね」

今のすれ違っている状況を知らない美里ちゃんは、「羨ましいですっ」と私の脇腹をちくちくつついてくる。

私も必死に笑顔を作って、手で防御した。

「祖母のお見舞いだってば。本当にごめんね」

「先輩、顔色が悪いから、確かに今日はお酒とか飲まないほうがいいですよね。私は楽しんじゃいます！」

……顔色が悪い。

祖母に心配をかけないように、念入りにチークを塗り、顔色を誤魔化した。

＊＊＊

今日は、今年一番の冷え込みらしい。

十九時に仕事を終え、駅前のスクランブル交差点の真ん中で空を見上げると、街頭テレビに映るニュースキャスターが全国の気温を告げていた。

しんしんと舞い落ちてくる初雪が、紺色のコートを白く染めていく。

もしかすると、明日はホワイトクリスマスかもしれない。

あのマンションから見る雪景色は、きっと美しいに違いない。もちろん、隣に梗介さんがいれば尚のこと。

それが今はとても苦しい。

淡い月の光を打ち消すように、街中がイルミネーションやクリスマスツリーの明かりで活気づいていた。

駅からバスに乗り、閑静な住宅街で降りると祖母の家まで歩いていく。そして門をくぐり、庭園内に足を踏み入れる。

イルミネーションで着飾った木々に照らされた花壇。花々は色あせることなく美しく咲き誇っている。

一つ一つ確認するが、霜で弱っているわけでも、虫に喰われたり病気になっている葉も見当たらない。

元気がない花はどこにあるのだろう。

寒くて手に息を吹きかけるが、こぼれ落ちた息は白色で寒さを主張するだけで、温めてはくれない。

カサカサと落ち葉を踏みながら進むと、リビングと祖母の部屋から明かりが漏れているのが見えた。

おばあちゃんに聞いてみよう。

玄関に行き、ドアを開けて靴を確認する。

梗介さんも亜里砂ちゃんも来ていない。

祖母の部屋をノックして開けると、ベッドの中で本を手に持ったまま気持ちよさそうに眠っている。

読書しているうちに、寝落ちしてしまったのかもしれない。

「……次の機会にしようかな」

せっかく寝ているのに起こすのも悪いし。屋敷の戸締まりだけ確認して、また後日来よう。

廊下の窓の鍵を確認して回っていると、雪がまだチラチラと降り続いているのが見える。

手の平に乗ればすぐに消えてしまいそうな、小さくて淡い雪。花にはあまり影響しないだろう。でもとても綺麗だ。

マンションから見る雪は、きっと公園のイルミネーションと共に美しく映えるだろう。

彼と一緒に、並んで、公園を歩きたかった。雪の降る中、あの大きな公園を並んで歩きたかった。

でも大好きだった亜里砂ちゃんが、今は嫉妬から顔も見たくない。もし私を裏切っていたのなら……一体、私のこの結婚はなんだったのか、考えるのが怖い。

それに彼が私を好きだと言った気持ちを信じたいのに、この庭園の東屋で抱きしめ合っていた二人が脳裏をよぎるの。消えてくれない。

もう少し、私が美人で器量もよかったら、彼からの愛も信じられた。そもそも、亜里砂ちゃんへ目移りされることもない。自分に自信がないまま、真実を告げられるのが怖くて逃げてしまった。

戸締まりをしながら、つらい感情に包まれる。

情けなくて惨めで、私は大バカ者だ。いっそこのまま雪と一緒に消えてしまえるならば、消えてしまいたい。

あとはリビングの明かりだけだ。

廊下に漏れる明かり。

ドアの隙間から中を覗き、目を見開く。

思わず口に手を当てて、後ずさってしまった。

そこには、ソファに座ったまま眠っている、愛しい人の姿があった——。

会いたくて、会うのが怖くて……けれど嫌いになんてなれなかった人。

梗介さん……。

顔を見ただけで、いろんな感情が溢れて涙が滲む。

どうして、梗介さんがここにいるの？　靴がなかったのに……隠してた？

ソファで腕を組んで眠っている彼は、疲労で顔色が悪いように見える。眉間の皺もいつもより深い。

「他県から回された患者が、次々に讃良病院に搬送されているみたいね」

不意に祖母の声がして、そちらを振り向く。

さっきまでぐっすり寝ていたはずの祖母が自室から顔だけ出して、私の顔をじとっと見ていた。

「おばあちゃん」

「梗介さん、ほとんど寝ていない様子だったから、咲良ちゃんが来るまでそこで眠っていていいわよって私が言ったの」

えっ、どういうこと……？　梗介さんは、私が来るのをここで待っていたの？　わざわざ靴まで隠して？

頭が混乱していて、事態がうまく呑み込めない。

祖母が少し目を伏せ、悲しそうに言う。

「診察のあと、私が強く引き止めたのよ。二人はとても幸せそうだと思っていたのに、最近、あなたは来ないし、梗介さんも元気がないから」

その言葉に、祖母が連絡してきた時の言葉を思い出した。

『お花がね。ようやく咲いたと思っていたお花が元気がないの』

『咲良ちゃんのおかげで、とても幸せそうに咲いていたのに』

庭の花はぱっと見ただけでは病気でもないし、枯れている様子もない。

それに、祖母は目がすっかり覚めているようで、まるで寝起きとは思えない。

つまり……おばあちゃんは私と梗介さんを引き会わせるために、私をここに呼んだ？　そして寝たフリをして、私が梗介さんを自然に見つけるように仕向けたってこと？

祖母にまで心配をかけていたことを申し訳なく思いながら、私はもう一度、彼のほうに視線を向ける。

「……梗介さん」

「咲良ちゃんが帰ってこないから心配しているようだったし、夫として至らなかったんだと自分を責めていてつらそうで、見ていられなかったわ」

祖母は、残念そうに眉尻を下げる。

梗介さん、そんなに心配してくれていたんだ。

……でも、それは私が一ノ瀬家の人間だから？　家同士も関係しているお見合い結婚した相手だから？

急におかしな理由を挙げて帰ってこなくなったんだもの。優しい梗介さんならそこに愛情がなくても、探してくれるよね。

心配してくれている梗介さんを見て、うれしいのに素直に喜べず、邪推してしまう自分がいる。

「何があったのかわからないけど、しっかり話し合って仲直りしてね」

祖母はパタンと音を立ててドアを閉めた。

それでも、ソファで腕を組んで眠る梗介さんは微動だにしない。

おばあちゃん、心配かけてごめんね。ありがとう。

祖母の言葉に背中を押され、私は梗介さんのいるリビングへ一歩足を踏み出した。

朝方帰宅した時みたいに、眉間に深い皺が刻まれている。

多忙になると表情が険しくなってしまうと、以前言っていたけれど……今、梗介さんの眉間に皺を刻ませているのは何？

彼の表情に、胸が痛む。

ソファの端にタオルケットがかかっている。

これを彼にかけて、起きるまで待とう。

タオルケットをつかむ手が震える。

話さなければいけないことが山のようにあるんだから、逃げちゃダメだ。

大きく息を吸い込み、震えていた拳をギュッと握りしめる。そして彼の正面へ近づき、タオルケットをかけた。

ふわりと視界を遮ったタオルケットの向こうで、眠っていたはずの彼の腕が大きく動く。

驚いて仰け反った私は、バランスを崩して後ろによろめく。視界が反転し、『倒れるっ！』と思った瞬間、力強い手が私の腕をギュッとつかんだ。

そして優しく引き寄せられたかと思うと、そのままソファの上に組み敷かれる。

戸惑いながら見上げた先には、梗介さんの無表情の顔。

「捕まえた」

彼は困ったように力なく笑うけれど……とてもつらそうだ。

その表情に胸が痛む。

「梗、介さん……」

「腕はもう、痛くないようだな」

じわりと涙で視界が滲む私には、梗介さんが無理して優しく微笑もうとしているように見えて、胸が苦しくなった。私は何度も頷く。

「リビングに入ってこなければ、本当に愛想を尽かされてしまったのだと確認できたけれど、君の顔を見たら安心したよ」

「ごめっ」

謝るより先に、額に口づけされた。

そして、そのまま彼の体重が覆い被さってくる。

「何で寝たフリをしてまで君を捕まえようとしたと思う？」

少し横にズレた彼は、ソファから落ちないように私に抱きついてくる。

たった一週間ぶりだと思う。それでも私には長い一週間だった。

「どうしてだと思う？」

答えない私に、彼は再度尋ねる。

「咲良が大切だからだよ」

疲れを隠そうと優しく微笑む梗介さん。

溢れた感情が涙に変わって頬を伝っていく。

「梗介さん」

「どうした？」

私の顔を覗き込む彼の眼差しから、目を逸らしてしまう。

「私、私……」

今は、そんな梗介さんの優しさがつらい。亜里砂ちゃんの顔がちらついてしまう。

抱きついてきた彼の腕から逃げようと暴れると、彼がソファからずり落ちそうになる。慌てて彼の背中をつかむと、彼はすんなり体勢を立て直し、小さく笑う。

私が梗介さんをソファから落としてでも逃げようとするかどうか、わざと落ちそうになって試したみたい……。梗介さんも、私の気持ちに不安を感じているのかな。

彼の苦しそうな表情から、そう感じた。

二人でソファに座り直すと、今度は呼吸ができなくなるくらい、強く抱きしめられる。息を吸うために上を向くと、傷ついたような梗介さんの顔があり、胸が痛んだ。

「また何かぐるぐる悩んでた顔だ。何を悩んでいるんだ？」

疲れているのは彼のほうなのに、私の心配までしてしまう優しい人。

「ごめんなさい。私、梗介さんを信じたいのに、疑って、怖く、て」

声を発しようとすると、嗚咽《おえつ》が漏れた。

言葉がうまく紡《つむ》げず、もどかしい。伝えたいことはたくさんあるし、聞きたくなくても確かめなければいけないこともある。

なのに、抱きしめられると、言葉がかたちを持ってくれない。

私の頭を撫でる梗介さんの、苦しげな顔がゆるむ。

一体、どれぐらい眠っていないんだろう。自分勝手な私のせいで、仕事が多忙な彼の疲労がさらにたまってしまったんだ。

「梗介さんっ」

「君が帰ってこなくなってから、行きそうな場所を探し回って、そろそろ限界だった」

私一人の感情の暴走で、彼をここまで疲れさせてしまうなんて本当に迷惑かけてしまった。

彼の目を見つめ返すと、うっすらと目の下に隈が見えた。

「何が不安だった？」

私を抱きしめながら、彼が座り直してくれる。そして私の手を握って私の顔を覗き込みながら、尋ねてきた。疲れているだろうに、その瞳は優しい。自分なんて後回しで、私のことばかり。

だから私は彼が大好きで、でも、だからこそこんな自分は彼にふさわしくない。悩んで逃げてしまう自分が恥ずかしくて、でも不安な気持ちに気づいてくれて申し訳なくて。それなのに、亜里砂ちゃんとの関係を聞くのが怖い。

最初は亜里砂ちゃんには興味がないって冷たく言い捨てていたから、安心していた。なのに、あんな場所で、二人が抱き合っていた。

あなたの気持ちを疑って、敵わない相手に嫉妬して、惨めでたまらないの。

複雑な感情の中、また涙が込み上げてくる。

泣くのは卑怯《ひきょう》だし、話し合うのに邪魔だ。

それでも抱きつきたくて、逃げ出したくて、私の目からどんどん涙が溢れてくる。

止まらない。

「俺の行動が不安にさせたんだよね。また従姉絡み？」

鋭い。そこまで読まれているならば、素直に頷く。

「ここの庭園で、梗介さんと亜里砂ちゃんが抱き合ってるのを、見てしまって」

最後のほうは声が震えてしまった。

彼は切れ長の瞳を大きく見開いたあと、唇をキツく結び、頭を下げてきた。

「申し訳なかった」

梗介さんが謝ったので、一瞬目の前が真っ黒になった。

抱き合っていたのを認められた……。やっぱり見間違いじゃなかったんだ。

「あの日、一ノ瀬さんに『庭のイルミネーションを見てほしい』と連絡をもらっていたので、早めに診察に行ったんだ。診察のあと、屋敷を出ると東屋に人影があった。てっきり君かと思って近づいたら、彼女だった。そのまま挨拶だけして帰ろうとしたのが気に食わなかったのだと思う。また一方的に抱きつかれたんだ」

抱きつかれた？　……でも、振り解こうとしなかったのはどうして？

まだ疑いが晴れずに、悶々とした感情が燻っている。

梗介さんは重いため息をつき、続きを話しだす。

「すぐに突き飛ばそうと思ったが、東屋は段差があるだろう？　彼女はヒールの高い靴を履いていたから、転んで怪我をさせてしまうかもしれないと、対応が遅れてしまった。それを見られていたとは思わなかった」

……対応が遅れただけ？　え……本当にそれだけなの？

「本当に？　亜里砂ちゃんが美人でかわいいから、受け入れてたんじゃないですか？」

自分で言いながら、切なくなる。

梗介さんは困ったように首を傾げる。

「そんなふうに不安にさせるなら、もし今度抱きつかれたらすぐに突き飛ばすし、ふれられた服は処分するよ」

目をパチパチさせて言葉を失っている私に、彼はその時のことを思い出したのか、暗い顔でもう一度ため息をつく。

「……強く拒絶すればするほど、面白いらしい。俺の対応が彼女をエスカレートさせてしまった。だが、誰もが自分の虜になると考えている傲慢さが苦手だ。前にも言った通り、彼女には全く魅力も感じないし興味もない。俺はもう彼女に会わないよ。彼女にも一ミリも興味がないことを伝えておく」

「だって、亜里砂ちゃんは、私にないものをすべて持ってる完璧な人ですよ」

「だからといって、俺が彼女を選ぶと思うのなら、心外だな」

「だって……だって」

「咲良しか持っていないものも、たくさんあるよ。俺はそれを知っていて、君がいいと告白したつもりだったが……足りなかったかな」

彼は私の頬に手を伸ばし、涙を指先で拭ってくれた。

勝手に誤解して暴走したのは、私なのに。

この一週間、また私の空回りで悩んでいたのだと思うと、ほっとしたような情けないような気持ちだ。

「私、怖かった。梗介さんはこのお見合いを断れなかっただけで、本当は亜里砂ちゃんが好きなのかなって。だって、どう見ても二人はお似合いなんだもん。私は一ノ瀬家の一員とはいえ、地位もないし……。普通の男の人は、亜里砂ちゃんを選んじゃうだろうし」

「なぜそんなことを気にするんだ？　誰の言葉も、視線も、評価も気にならない。俺たち夫婦に、誰が何を言えるんだ。幸せなのに」

彼のゆるぎない言葉に、申し訳なさと情けなさにさいなまれる。

「梗介さん、逃げてしまって本当にごめんなさい。ちゃんと話せばすぐに勘違いだってわかったはずなのに。梗介さんはずっと私を想ってくれていたのに、私、本当に自分のことばかりでした」

「仕方ない。俺も仕事が忙しくて、見えていないことが多かった。それと、君という大切な人がいながら、抱きつかれてしまって君を傷つけて悪かった」

申し訳なさそうに言われ、私は大きく首を横に振る。

「そんなわけないです。梗介さんはお忙しい中、私を最大限甘やかしてくれて……勝手に勘違いして卑屈になっていたのは私のほうです」

「ゆっくりでいい。俺たちはまだ結婚したばかりだろう。俺も君の不安の種は潰していくし、これからは君のどんな小さな変化も気づけるように努力するから」

不安の種――。

それを潰すには、私自身も変わらないといけない。

ここまでこじれてしまったのは、私に自信がなくて、梗介さんとの幸せな時間を、心のどこかで自分には不釣り合いだと感じていたからだ。

「私、劣等感でいっぱいで……。だって、ダイエットしても全く痩せないし、仕事だって自分のことで精一杯で、後輩の面倒も見られないし、注意力散漫で怪我しちゃうし。それなのに……」

「うん？」

自分の至らなさをまくし立てる私に、彼は優しく目を細める。

「梗介さんが、私以外の誰かを好きになるのは嫌だなって」

口に出すと、自分の稚拙な言葉で恥ずかしくなる。

こんな自分だけど、梗介さんを誰にも取られたくない。

私は梗介さんの目をしっかりと見つめる。

「ダイエット頑張ります。もっとかわいくなる。栄養があって美味しいご飯も作りたいし、後輩が困ってたらすぐに気づけるようになりたい。こんなふうに梗介さんの気持ちを疑ったり、嫉妬心で人を恨んだりせずに、もっと旦那様を信じられるような人になりたい」

だから――。

「だから、私を好きでいてほしいです」

言ってしまった。

彼の反応が怖くて下を向いた私に、彼は小さく嘆息する。

呆れちゃった……？

私に落胆したのだと気づかされ、胸が震えた。

「ああ。俺は君だけだよ」

頬をつねられ、優しく引っ張られた。

「君はどこも太ってないし、すでにかわいいし、ご飯も美味しい」

彼の言葉に胸が締めつけられる。こんな私を認めてくれてうれしい。

「だが」

彼が私の髪を耳にかけてくれて、頬をなぞる。

「そんなふうに、努力しようと頑張っているところも愛おしいよ。困ったな」

眉尻を下げて、それでも私を見る瞳には愛情が感じられる。

彼の言葉は優しかった。

こんな私も受けて止めてくれる、大きな包容力を持った温かい人。

だからこそ、それに甘えてしまう自分が怖かったんだ。

ふれた手が温かくて、幸せで気持ちが満たされていく。

「彼女をこれ以上、俺につきまとわせないようにする方法がある」

「それは、私が乗り越える問題で……」

彼はにこっと私をあやすように微笑む。

「いや、今すぐ行こう」

彼はソファに置いてあった鞄から封筒を取り出し、中に入っている書類をチラリと見せてきた。

それは、祖母の結婚記念日であるクリスマスに提出する予定の婚姻届だった。

いろいろあって、それどころではなかったけれど、そういえば明日がその日だった。

「いよいよ明日だ。彼女は俺たちがまだ籍を入れていないから、ちょっかいを出せるのだろう。もともと予定していたことだけど、なおさら早く俺たちの関係をはっきりさせておきたい」

彼は立ち上がってソファの後ろへ回り、窓のカーテンを開けた。

雪は大粒になり、地面を白く染め上げている。

「君と初めて雪を見て、一緒に過ごすクリスマス。そんな思い出の日が記念日になっていいんじゃないかな」

彼の声、優しい言葉、温かい体温。壊れないようにそっとふれてくれて、溢れるほどの愛情を与えてくれる。

つまらない悩みや劣等感は、彼の隣にいれば薄れていく。彼は、弱い私でも愛おしいと言ってくれているのだから。

真っ暗な夜、白く染まっていく庭園。木々はイルミネーションで輝き、花たちも美しく咲き誇っている。

「ありがとうございます。私……あなたが大好きです」

「ああ。君から言ってくれるたびに俺も幸せを感じられるよ」

祖母の家で、私たちは子供のようにクスクスと笑い、いたずらが見つからないようにと、カーテンに隠れてキスをした。

＊＊＊

「これで本当に、讃良咲良です」

「そうだな」

市役所で、日付が変わるのを待ってから婚姻届を提出した。

「よろしくお願いいたします」

深々とお辞儀すると、そのまま手をつかまれ、彼の胸の中へ引き寄せられた。

抱きしめてくれる彼は、一週間も逃げていたことを後悔するほど優しく甘く、私を包み込んだ。

婚姻届を提出したあと、五日ぶりに家に戻ってきた。

ひんやりとした空気が漂う中、私たちはそのまま寝室へ行って暖房をつける。

コートを脱いで彼のほうを見る。見上げていると冷たい彼の指先がふれ、身体が大きく震えてしまう。彼の両手を包み込んで、温めようと何度か息を吐く。

「……理性が」

「はい？」

首を傾げると、彼は意地悪な笑みを浮かべて私の額に自分の額をこつんとぶつける。

「利かなくなった」

彼は小さく笑ったあと、私を押し倒してネクタイをゆるめだした。余裕のない動作。髪をかき上げて小さく息を吐く。

一連の動きがどの角度から見ても艶めいていて、息を呑む。

「その……ね、寝なくていいんですか？」

疲れている様子なので、心配だ。もちろん、ふれ合えるならばうれしいけど。

ふと彼の動きが止まる。

「俺は大丈夫だが。そういえば、体調は？　顔色が悪かったが」

「体調は大丈夫です。ただのダイエットからなので」

私の言葉に、彼の眉間に皺が寄る。

「どこが太っているんだ？　体調を崩して倒れるまで食事制限したら、医者の俺が許さないから」

「ふ、太ってます。二の腕とか太ももとか、お腹とか！」

彼が私の足を触ったので、つい「きゃあっ」と生娘のように叫んでしまった。

「俺は脂肪がつきにくいから、これぐらいの肉付きがいいと思うのだが」

「何でですか？」

「俺の腰がぶつかったら、痛くないか？」

不敵な笑みを浮かべる彼に見とれつつも、意味がわからず首を傾げる。

すると彼は上半身裸になったあと、私の頬にふれながら顔を近づけてくる。

「今から答えがわかるよ」

意地悪に唇を歪めたあと、悪魔のように微笑む。

その微笑みがあまりにも美しいので、息をするのも忘れそうになった。

彼の言葉の意味を理解したのは、部屋が暖房で暖まった頃、彼の腕の中でだった。

その夜の彼は、とびきりに甘く、そして今までに見たことがないほど意地悪だった。

「本当は、どうしてすぐに聞いてくれなかったんだと、俺の気持ちを疑った君が少し憎いかな」

「ええっ？　でも、それは……私自身に魅力がないから、その……」

あたふた視線をさまよわせていたら、彼が私の両手をシーツの上に押しつけた。

「魅力は充分だから、今日は君からキスしてほしいかな」

意地悪。そんな恥ずかしいこと、私からしたことないのに。

でも、近づいてきた彼の整った顔が、途中で止まって全然私にふれてこないのがもどかしい。ふれそうでふれない彼の唇に、自分から唇を押しつける。

恥ずかしかったけど、次の瞬間、彼が甘ったるくとろけるように目を細めたので、もう一度、今度は音を立てて唇を重ねてみた。

カーテンの向こうでは雪が降っている。

ずっと逃げていたために、ケーキもごちそうもないクリスマス。

そんな寂しい背景ながらも、私たちは幸せだった。

私は、今日、本当に『讃良咲良』になったんだ。

二人で婚姻届を提出しただけなのに、たったそれだけなのに車の中からずっと幸せに包まれていた。

お互い、寝不足でボロボロだったにもかかわらず、想いが通じ合った今、幸せで、それでいてもっと深く繋がりたくて……疲れなんて忘れてお互いの背中を抱きしめた。

彼が始終、甘く「好きだ」と囁くので、私も負けじと何度も「好きです」と囁く。

甘く長く幸せな時間は、朝までに雪をすべて溶かし尽くす勢いだった。

＊　＊　＊

翌朝――。

「……ズルい」

寝顔は無防備で少しかわいいなんてズルい。枕の下に手を入れて眠る人なんだ……。

このところ睡眠不足だった彼は、『七時には絶対に起こして』と言い残して深い眠りについた。

こんな無防備な梗介さんは初めてで、もっと観察したい。

起こしたくないな。もっとゆっくりしてほしいな。お仕事まだ忙しいのかな。目を閉じると、意外と睫毛長いな……。

そんなことをぐるぐる考えていると、彼の唇が微かに歪んだ。

「襲ってくれるのかと期待しているんだが、まだかな？」

起きていたの？

驚いて目を見開くと、彼はクスクス笑った。

「お、襲いませんよ」

「襲ってほしいんだが」

なんて軽口を叩いても、目が開いてない。まだ眠りたいはず。

「七時までまだ時間があるんで眠っててください」

「……嫌かな」

「子供みたいなこと言わないでください」

「では、君もまだ俺の隣にいて」

朝からこんな幸せでいいのかと思うぐらいの甘い言葉。

彼に抱き寄せられ、またベッドに沈む。引き締まってたくましい身体に包まれて、幸せで満たされていった。

第九章
慌ただしいクリスマスと和解

翌日──。

退勤後、急いで電車に乗り込んだ。

今日は、どちらかが遅れても時間を潰せるようにと、とある駅の駅前の本屋で待ち合わせした。

クリスマスイベントも終了し、明日からは会場の片づけ、衣装のクリーニングやアクセサリーの紛失・破損部分のチェックなどを行い、会社の掃除をして今年は終わり。するべき仕事を並べてみると、一年が終わるのを感じる。

今日はほかの社員も早々と帰宅していく。

私と梗介さんも、これからクリスマスの買い出しだ。梗介さんは明日朝早いので一日ゆっくり過ごすわけにはいかないけれど、二人での初めてのクリスマス。きちんと過ごしたい。

本当は、クリスマスは料理を振る舞いたかったけれど、芽衣の家に逃げていたので準備が何もできなかった。

なので、梗介さんが美味しい物でも買って食べようと言ってくれた。

お昼の休憩中に、サンタのコスプレ姿で小児科の子供たちにお菓子を配る梗介さんの写真がメールで送られてきた。

院長に急な仕事が入ったため、代理で梗介さんがサンタ、鶴丸さんがトナカイになったらしい。私が見たいと言ったので、鶴丸さんに撮ってもらったそうだ。

この梗介さんの勇姿は、私のスマホの待ち受け画面になった。

「あっれ、咲良じゃん」

駅前の交差点で信号待ちをしていると、聞き覚えのある声がした。

「亜里砂ちゃん」

振り向くとタクシーから降りたばかりの美少女は、私を見るやいなや、サングラスを外しながらハイブランドのブーツをカツカツ鳴らして近づいてくる。

真っ白いカシミアの高級そうなコートに、タイトなミニスカートとロングブーツ。

その華やかさに、道行く人々が振り返って見ている。

「こんな日に一人？ 例の堅物旦那は？」

「今からデートなの。亜里砂ちゃんは？」

「私は、そこのホテルでクリスマスパーティー。モデルとか有名人だけで貸し切りなの」

鞄から取り出した招待状に口づけしながら、得意げだ。

私が亜里砂ちゃんの言動でどれだけ悩んだのか、本人は全くわかっていない。伝えなければ、亜里砂ちゃんは今後もずっと、彼を誘惑するかもしれない。

でも、もう嫉妬したりウジウジしたくないし、梗介さんにも余計なストレスを与えたくない。亜里砂ちゃんに、はっきり言っておかなきゃ。

私は意を決して大きく息を吸い込んだ。

「私、亜里砂ちゃんに言っておきたいことがあるんだけど」

「なになに？　あ、今度のハワイ旅行のお土産リクエスト？」

次はハワイに行くってことか。さすが亜里砂ちゃんだ。行動力も私とはスケールが違う。

「ううん。私と梗介さん、もう入籍したから。もう彼をからかうのやめてね」

亜里砂ちゃんの目をしっかり見ながら、神妙な面持ちで告げた。

亜里砂ちゃんは長い睫毛を何度もまたたかせて、首を傾げる。

「何であんたの旦那ってば、こんな美人な私にからかわれても嫌そうなんだろうね」

「……それは」

頬が熱くなる。

「梗介さんは、私のことを大切にしてくれているから」

自分で言っていて恥ずかしくなる。

のろけてると思われないかな。

でも本当のことだし、私はこれ以上亜里砂ちゃんと自分を比べて、劣等感を抱きたくない。

「ふうん。面白くないんだけど」

不機嫌になった亜里砂ちゃんが、不躾な視線で私を舐《な》め回す。

「亜里砂ちゃんっ」

「あいつが私にもう少し丁寧に接してくれたら、からかったりしなかったってば。反応見て楽しんでただけだもん。でも、咲良が大切にされて幸せならもう何もしないよ」

長い爪が目立つ指をひらひらさせて、つかみどころのない笑顔で私をまっすぐ見る。

「何考えてるかわかんない奴じゃん。もし、あいつが家の利益のためだけに結婚するつもりなら、入籍してないうちは引っかき回して、本性暴いてやろうかなって思ったのよ。だって結婚後に本性がわかったら手遅れでしょ。私になびいてたら、即行、地獄送りにしてやったけど」

どや顔で言われて面食らう。

つまり私のために引っかき回したってこと？

そんな理由で、亜里砂ちゃんが自分を悪役にするとは思えない。

私が疑わしげにじっと見ると、観念したように噴き出した。

「悪かったってば。あいつに興味があったのは本当。でもあんたが幸せなら、もうやめるわ。面白くないし」

面白くないって……。

梗介さんは真面目に私と向き合っているのに、ちょっかいを出して面白がるのはいかがなものか。

「じゃあ、ちやほやされてくるから。またね」

笑顔で手を振って別れたあと、亜里砂ちゃんはこちらを一度も振り向くことはなかった。

亜里砂ちゃんにとって、梗介さんはきっと周りのちやほやしてくる男性たちとは何か違っていて、こっちを見てほしいと感じた初めての相手だったんだと思う。

その気持ちに名前がつく前に、私と梗介さんが先に惹かれ合って結婚して……行き場のない思いを抱えたまま彼を振り回してしまったんじゃないかな。

でも、本当にもう吹っ切れたみたい。こちらを一度も振り向かずに去っていった亜里砂ちゃんは、とてもスッキリした様子だった。

「……すまない」

亜里砂ちゃんを見送っていた私の後ろから、申し訳なさそうな低い声がして振り返った。

「え？　ああっ」

しかめっ面の梗介さんが目を閉じて、考え込んでいる。

「いつからいたんですか？」

「彼女がタクシーから降りて、君のもとへ向かうぐらいから」

つまり全部聞かれていたんだ。

結構、大胆なことを言ってしまったから恥ずかしい。

「健気に庭の手入れや一ノ瀬さんの看病をする君に対して、彼女は留学や旅行だと派手に遊んでいたから、俺は無意識に彼女を嫌悪していたのかもしれない」

そう白状した彼は、本当に申し訳なさそうだ。

「それに、俺は昔から君に好感を持っていたが、君にとっての大切な場所で、冗談とはいえ抱きしめられたから、余計にあまりいい印象を持っていなかった」

「梗介さん……」

彼には、亜里砂ちゃんが破天荒で家族を大事にしない、ちやほやされているお嬢様に見えたんだろう。

梗介さんが亜里砂ちゃんに惹かれるのは嫌だけど、人として亜里砂ちゃんのいいところにもっと気づいてほしい。

だから、きちんと訂正しておかなければ。

「亜里砂ちゃんの留学は、祖母が一番応援してたんです。モデルの仕事も、祖母は誰よりも喜んでました。亜里砂ちゃんのご両親は厳しい人たちだから、祖母の後押しがないとモデルなんてきっとできなかったです。亜里砂ちゃんは、お見舞いや看病には行けなくても、応援してくれた仕事を頑張ることで祖母に恩返ししてるんです」

本当はとても努力してると思う。親戚で集まった時も、食事や美容に気を使っていて『プロポーションを大切にしたいから』と絶対に正座しなかったし。

本当は小さい頃から習っていたヴァイオリンのために留学することを悩んでいて、祖母に相談していたって母が言っていた。伯母さんたちはモデルの仕事にも留学にも反対で、一ノ瀬製薬会社に就職することを強く望んでいた様子だったし。

「その……性格もとてもいいって伝わりました?」

「ああ。すべて初耳だった」

「亜里砂ちゃんは見た目も内面も素敵ですけど……私だって努力します」

亜里砂ちゃんのいいところを知られたら、彼女に興味を持ってしまうかなと一瞬だけ脳裏をよぎったけど、彼の穏やかな微笑みを見たらそんな思い、どこかへ消えていった。

「彼女のよさをわかっている君が、ますます愛おしくなったかな」

後ろへ隠していた手を私の正面へ差し出してきた。

手にはクリスマスカラーのリボンで結ばれた、真っ赤な薔薇の花束。

「邪魔になるかとも思ったんだが、君の喜ぶ顔を想像したら買うしかなかった」

申し訳なさそうに言うのは、きっとしょっちゅう花束をくれるせいで、家が花だらけだから。

でも、家では祖母の庭のようにたくさんの花を育てるのは難しいから、いろんな花を買ってきてくれて愛《め》でられるのはうれしい。

「綺麗です。飾るのが楽しみ。ありがとうございますっ」

お礼を言うと、彼が柔らかく口角を上げた。

この最強の笑顔をこんな街中で、ほかの人に見られたくない。私だけのものにしたくて頬を膨らませる。

「その笑顔は私だけのものです。こんなところでさらしたらダメですっ」

「そうだな。ふ」

彼は片手で口元を隠しながら小さく笑い、手を差し出してきた。

「花は俺が持とうか？」

「私がもらったから、自分で持ちたいです」

背中に隠して奪われないようにすると、また彼が目を細めた。

「知り合いが君の生まれ年の一番上等なワインを仕入れてくれていたんだ。ここのところ、忙しくて取りに行けなかったが、ワインは飲める？」

「ワインはちょっとしか飲んだことないですが、飲んでみたいです。私も友達夫婦がやってるレストランの、チキンやオードブルを頼んでいるんです」

「あとはケーキか。この時間、予約してなくても買えるかな」

そんな心配をよそに、駅前にはすでにサンタの服に身を包んだ売り子が、ケーキを売っている。

特別上等ではなくても、梗介さんと食べられるならばどれでも美味しいに違いない。

それに、当日こうやって一緒に準備するのも楽しい、

「仕事はお疲れだったな、腕もあれから大丈夫？」

「はい。すっかり」

何度か鶴丸整骨院に行った時、密かに高校時代の梗介さんの写真を見せてもらったり、応急処置や心臓マッサージのやり方を教えてもらった。でも、梗介さんに言ったら鶴丸さんが怒られてしまいそうだから内緒にしている。

「仕事も最近は目が回るくらい忙しかったですが、梗介さんに比べたら全然ですよ。梗介さんは大丈夫ですか？」

「……ああ。一応は。年末はゆっくりできるはずだ。今は年内に退院する患者の準備や手続きで、病院内はバタバタしているが。まあ、君と過ごす時間は確保させてもらうさ」

「私もです！　これからは休みの日は全部、梗介さんとの時間に使います」

梗介さんを見上げると、彼が私の手をギュッと握ってきた。

今はまだ、自分は彼の隣に並ぶのにふさわしいと言える自信はない。でもこんなに幸せなのだから、磨ける部分はやっぱり磨いていく。

ダイエットは無理のない程度にするけど、仕事のほうはイベントリーダーを任されて楽しかったしやりがいも感じられたから、もっと上を目指したい。梗介さんが疲れて帰った日は、すぐに気づいて癒せるように家で安らげる環境も作りたい。……彼に心配かけない程度に。

駅前にある芽依たちのレストランでオードブルとチキン、彼の知り合いのバーでワイン一本を調達する。そして彼の花束。

私も梗介さんも両手いっぱいで歩くクリスマス。

淡い雪がしんしんと落ちては消えていく。

マンション近くの公園内のレストランに電話したら、キャンセルが出たケーキがあるとのことで、取り置きしてもらってタクシーで向かい、無事に受け取った。

気づくと、私と彼のコートに雪が積もり始めていた。

「あっ」

家へと向かって歩いていると、小物やアクセサリーを売っている店の前に、売れ残ったクリスマスツリーが一つかごの中に倒れていた。

「家にクリスマスツリーありませんよね」

「ああ。買っていこうか」

梗介さんはワインを脇に挟み、クリスマスツリーを片手に店内へ入っていく。店内ではオーナメントも売っていたので、二人で何個か選んだ。

「君に似ている」

花束を持った天使のオーナメントを彼がつまみ上げると、私の顔の横へかざす。

その笑顔に胸がきゅんとする。

私にだけ無防備に微笑むのは、反則だ。

「このサンタは、写真で見た梗介サンタに似てますね」

絵本の中から飛び出たようなふっくらしたサンタではなく、キリッとした若いサンタのオーナメントを見つけて微笑んでしまう。

店の人が私たちの荷物を、大きな紙袋にまとめてくれたので、私が持つのは彼がくれた花束のみ。でも両手で持てて幸せだった。

雪が建物の屋根や道路を白く染め上げていく。

その後、家に帰るとワインを冷やし、花を飾ってテーブルにごちそうを並べる。

そしてリビングの壁際にツリーを置いて、座ってツリーを飾りつけていると、彼が隣に座って最後のオーナメントを一緒につけた。

近づいてくる彼の顔をうっとりと眺めつつ、最高に甘い夜を予感して深く瞼を閉じたのだった。

＊＊＊

年が明けて、三日。

年末からずっと梗介さんと二人でゆっくり過ごしていたけれど、今日は一ノ瀬家一同で集まる日。

祖母の家の駐車場は、高級車で埋め尽くされている。大理石の玄関にはハイブランドの靴が並び、キッチンやゲストルームは、祖母が喜ぶであろうお土産の山でいっぱいだ。

奥の部屋にある仏壇に手を合わせて祖父に挨拶すると、一階の応接間から従兄弟や伯母たちの笑い声が聞こえてきた。

私と梗介さんも応接間に行くと、料亭から運ばれてきたおせち料理の重箱が一人ひとりの席に運ばれた。

今日は、祖母がいつもお世話になっている家政婦さん二人と『一梗』のスタッフ数人が、給仕をしに来てくれている。

この集まりに参加するのは高校生の時以来。大学時代は母と福袋や新年のバーゲン品を買いに行っていたし、父は趣味のゴルフに出かけていた。

というのも、父も母もこの雰囲気が苦手らしく、私も学歴マウントしてくる従兄弟たちや、進路について根掘り葉掘り聞いてくる親戚に、居心地の悪さを感じていたからだ。

でも今年は、旦那様である梗介さんのお披露目も兼ねて渋々参加。

讃良家と懇意にしておきたい親戚たちが、私なんていないかのように梗介さんに群がり、話しかけている様子にはため息しか出ない。

「うーん。今、減量中だからいいや。このおせち、咲良にあげるね」

足を組み替えながら、中身を見もせずに重箱を渡してきた亜里砂ちゃん。彼女の前にはサラダと栄養剤しか置かれていない。

そんな亜里砂ちゃんは不満げにテーブルに両肘をついて、ちやほやされている梗介さんを睨んでいた。

「今年、いくつかの雑誌の表紙に載るって自慢したかったのに……注目は全部あんたの旦那様じゃんか」

「でも、梗介さんは大勢での集まりが苦手だから、大変そうだよ」

「そういや、主治医のくせに正月の集まりは、いつも不参加だったよね。院長さんはたまに顔出してたのに」

亜里砂ちゃんは「ふうん」と気のない返事をしてフォークを手に取り、サラダに突き刺した。

その、梗介さんに興味がなさそうな様子に面食らう。

祖母の隣で、決して愛想よくはない彼が、私の親戚たちに話しかけられてひと言、ふた言会話している。

亜里砂ちゃんはきっと行事のたびに、周りからちやほやされていたんだろう。その役を梗介さんに奪われ、面白くなさそうな様子を隠すこともない。

今日は、二人を会わせて大丈夫なのか少し悩んだものの、梗介さんを信用しているから連れてきた。午後から仕事なので、ゆっくりできない中、来てくれた梗介さんには感謝しかない。

「ってか、旦那さん、口下手なのにあんなに皆に囲まれて絶対ストレス半端ないから、早めに助けてあげなよ」

「そうだよね。連れて帰ってくる」

梗介さんのご両親や親戚の方々は、とても親切で気さくな方ばかりだったけど、さすがに長時間話していると気疲れしてしまった。だから、うちの親戚たちの、『讃良家と仲良くなりたい』圧は、なおさらストレスにしかならないだろう。

サラダを食べ終わった亜里砂ちゃんは、髪を指先でくるくるといじっていたが、小さく「あっ」と呟くと、私の肩を叩いた。

「そうそう。ついでに、あの無愛想ダーリンに、おばあちゃんが外出しても大丈夫か聞いてきてよ。クリスマスに行ったホテルのレストラン、ディナーが超美味しかったの。おばあちゃんに写真見せたら、教え子がオーナーしてる店だって目を輝かせてね。『行きたい』って言うからさ」

屋敷にこもってばかりの祖母がそんなことを言うなんて、珍しくて目を丸くする。

「すごいことだね。おばあちゃんが自分で外出したいって言ったの?」

「そお。病院以外で初めてじゃない？　だから連れ出したいのよね」

「へえ、おばあちゃんの教え子さんって私も会ってみたいな」

祖母は若い頃に家庭教師の仕事を数年だけしていたらしい。身体が弱くて、家族には反対されたが、祖父が後押ししてくれたって話を聞いたことがある。でも、子供を授かってからは辞めてしまったそうだ。

この機会に、意欲的に外出するようになるかもしれない。

ストレスの中へ置いてきた梗介さんを急いで救い出し、外出許可について聞いてみた。

「ずっと屋敷に閉じこもっているよりは、いいと思う」

「本当?」

けれど梗介さんの表情は明るくない。

「ああ。だが、心臓に負担がかかることは避けるべきだ。一ノ瀬さんは純真無垢な人だから、レストランの雰囲気やメニューにきっと心を弾ませると思う。そこで興奮しすぎると危険だ。体力も落ちているからまずは庭、次に家の周り……と徐々に出かける距離を伸ばしていったほうがいい」

「そうなんですね……」

声のトーンが下がってしまった。

せっかく外に興味を持ってくれたから、一緒にお出かけしたかったけど、急すぎたかな。

確かに、祖母は杖があれば歩けるはずなのに、車椅子で移動することが多くて、体力はあまりない。だからか、定期検査で病院に行った次の日は、一日中寝ていることが多い。

「じゃあ、主治医が一緒なら出かけてもいいんじゃない?」

亜里砂ちゃんが腕組みしながら、彼の前まで歩いてくる。

先日の一件以来、初めて会う二人をハラハラと見つめてしまう。

「ホテルの入り口まではおばあちゃんを車で連れていけるし、ホテルにはスロープもある。私が補助するし、不安なら家政婦さんも連れていけばいいでしょう？」

亜里砂ちゃんは、一度言った言葉は撤回しない。これは、彼が『ダメ』と言っても強行突破しかねない。

彼も亜里砂ちゃんの本気に気づいたのか、嘆息すると私を見た。

「……一ノ瀬さんはどうおっしゃってるんだ」

「おばあちゃんは、とっても楽しみにしてるみたい。私も時間合わせて一緒についていくよ」

「いいじゃん。じゃあ、二人にも迷惑かけちゃったし、お詫びに招待するね。決まり！　咲良とそこの無表情野郎の都合のいい日、選んで」

「長時間の滞在はしない。一時間だ」

「はいはい。いいから早く、休みの日は？」

ややうんざり顔の彼に、私も近づいて彼の服をつかんだ。

「ね。おばあちゃん思いのいい子でしょ？　亜里砂ちゃん」

「君ほど素敵な女性はいないがな」

私の頭を撫でながら、耳元で甘く囁く。

私は一瞬で茹でタコになる。

「うわあ。私の前でそういうのやめて。家で存分にイチャイチャしなさいよ」

目を見開いた亜里砂ちゃんに呆れたように言われ、急いで梗介さんから距離をとる。

「ご、ごめんね。家よりも抑えてるんだよ」

まさか亜里砂ちゃんの前で、甘い言葉を吐くとは思わなかったから、私も驚いた。

「うげ。もうお腹いっぱいよ。あんたの家にいたら、食べなくても太りそう」

「なるほど。だから私、痩せないのか」

「それは努力が足りないの」

ぴしゃりと言われ、舌を出した。

でも抱き心地は今のままがいいって言われたから、増加しないように気をつけるのみだ。これ以上痩せたら、彼にすぐ気づかれてしまいそう。

職場で、美里ちゃんから『サラダの女』ってあだ名もつけられかねないし、無理のないペースで変わるしかない。

「……私をネタにイチャイチャしないで、さっさと計画して。私は売れっ子スーパーモデルなんだから」

壁にもたれかかり、不敵に笑う亜里砂ちゃん。

梗介さんの眉間には皺。

彼と亜里砂ちゃんは根本的に相性が悪いんだなって、二人の雰囲気の端々から感じられた。

第十章
輝く時間

数日後——。

今日は祖母とのお出かけの日。

あれから亜里砂ちゃんがテキパキと手配してくれて、お昼のランチタイムよりやや早めの十一時にレストランを貸し切りにしてもらえたらしい。

皆で祖母の家に集まってから一緒に行く予定だったが、亜里砂ちゃんは仕事の打ち合わせが長引いてしまったらしく、現地集合になった。

今は祖母の家で、祖母の着替え待ち。

彼女は朝からそわそわとしていて、何度も鏡の前で着ていく服を入念にチェックしている。

主役は祖母なので、私はリボンベルトのウエストマークをつけた、ブラウンのドレスにジャケットという、目立たない装い。

梗介さんは仕立てのよいスーツを着ていて、カッコいい。今日は午後から出社なのに、忙しい中、時間を作ってくれてありがたい。

「見て。帽子も新しくしたのよ」

祖母は新調した帽子をうれしそうに被っている。庭園で散歩する時はニット帽などを被って見た目より防寒重視だったのに。ストールも杖もすべてオートクチュールだ。マフラーは六年ほど前、亜里砂ちゃんの知り合いがやっているブランドで祖父の分とお揃いで作ってもらった一点物。手袋は私と梗介さんからのプレゼントで、桔梗の刺繍が施されている。

祖母はペンダントに祖父の写真を入れると、乙女のように微笑んだ。

「レストランでお食事なんて何年ぶりかしら。あの人は私とこの庭園を愛してくれていたから、外食は少なかったのよねえ」

口紅を持って、乙女のように頬を染める祖母に、私も微笑む。

祖母のここまで喜ぶ姿を見られたのは、結婚式以来。

亜里砂ちゃんには本当に感謝だ。

「心臓の音に異常はないし、安定しているが、無理はしないでください」

「あら、女性のお支度を覗くなんて、紳士的じゃないわよ」

カルテを記入しながら声をかけてきた梗介さんに、祖母は言い返す。梗介さんがいる前で口紅を取り出したのは、祖母のほうなのに。

「それは失礼いたしました。では、私は車内を暖めてきますね」

梗介さんもノッてくれて、執事のように恭しくお辞儀しながら駐車場へ向かう。

「素敵な人ねえ。咲良ちゃんが幸せそうでよかったわ」

にこにこと祖母が笑うので、私も笑顔で頷く。

「うん。ずっと遠くから見ているだけの人だったから、おばあちゃんには感謝しかないよ。本当にありがとう」

準備が整った祖母の車椅子を幸せな気持ちで押しながら、私たちも駐車場へと向かった。

＊＊＊

ホテル『ラ・ブケティエル』――。

新種の花を開発したことで、花売りから大富豪になった創立者が、理想の家をコンセプトに作った、花をテーマにしたホテル。

ロータリーで車から降りると、渋くて素敵なコンシェルジュが出迎えてくれた。

その横では亜里砂ちゃんが手を振っている。

亜里砂ちゃんは、セットした髪に花びらをちりばめ、パーティー用の派手な真っ赤なドレスを身にまとっている。そして、私に申し訳なさそうに両手を合わせてきた。

「おばあちゃんの送迎、任せちゃってごめんね」

「いいよ。お招きありがとうございます」

「ここ、お花が大好きな咲良も気に入ると思うよ。行こう」

亜里砂ちゃんが車椅子を押すのを交代してくれて、コンシェルジュと一緒に中へ入っていく。

「まあ。素敵。綺麗だわあ」

ホテルのロビーには、花売りの少女の銅像があり、彼女が持つかごには花が溢れんばかりに入れられている。

押し花の額縁やフラワーアレンジメントが飾られた長い廊下を歩きながら、祖母は目を輝かせている。

「おばあちゃんのことを伝えたら、貸し切ってくれたの」

レストランに入ると、祖母には花の冠、私たちにはミニブーケ、梗介さんには胸ポケットに飾れる一輪の花を渡され、席に案内された。すべて桔梗の花なのは、亜里砂ちゃんの粋な計らいだろう。

アンティーク調の装飾が施された英国風のレストランで、所々に素敵な絵画が飾ってある。

しばらくその雰囲気に浸っていると、料理が運ばれてきた。

花の砂糖菓子、花びらのようにデコレーションされたサラダ、甘鯛の鱗《うろこ》焼きとオマールエビのソテーなど、どれもこれも見た目も味も上等品で美味しい。

「ありがとうねえ。こんな楽しい外出、久しぶりよ」

目を輝かせた祖母が亜里砂ちゃんの両手をつかみ、本当に心から楽しんでいるのが伝わってくる。

「何言ってんの。私はおばあちゃんのおかげで留学もモデルも自由にできてるの。おばあちゃんラブな気持ちなら、孫の中で一番なんだから」

ふふんと私に勝ち誇った笑顔を向けてくるところが、亜里砂ちゃんらしい。それでも今日は本当に亜里砂ちゃんのおかげなんだ。

「久しぶりのワイン、めっちゃ美味しい」

「亜里砂ちゃんはワインが好きなのね」

祖母は紅茶を飲みながら、亜里砂ちゃんの飲みっぷりに笑顔だ。

「まあね。でも今年は雑誌の表紙やら専属契約やらで体重はもちろん、お肌に傷もつけられないからさあ。超大変」

「あらあら無理はしないでね」

心配そうな祖母とは逆に、亜里砂ちゃんはご機嫌だ。

「おばあちゃん、レストランのオーナーが挨拶したいって。教え子だったんでしょ」

「まあ。そうなの。覚えてくれているのかしら」

「覚えてるよ。おばあちゃんに会いたがってたから、そろそろ来るんじゃないかな。厨房にいたし」

亜里砂ちゃんがもらったものらしい名刺を差し出すと、祖母は名刺を確認し「立派になったわねえ」と感激して涙目になっている。

すると厨房から六十代くらいのダンディな男性が出てきて、笑顔で祖母のそばへやってきた。

梗介さんが立ち上がり、車椅子を動かすと、祖母は両手を広げてオーナーと抱擁した。

「お久しぶりです。一ノ瀬先生」

「まあまあ。懐かしいわねえ。素敵なレストランにお邪魔できて、うれしいわ」

祖母はオーナーを見ながらしみじみと言うと、私たちのほうを振り返った。

「皆、食事を続けていてちょうだい。私は店内をじっくり見せてもらいながら、思い出話でもしてくるわ」

二人で積もる話があるらしい。

梗介さんが車椅子を動かそうとすると、すぐにレストランのオーナーが交代して祖母と店内を回り始めた。

二人は壁に飾られた絵画を見ながら談笑している。

「ふふ。おばあちゃんのあんな元気な姿、久しぶりじゃん。ありがと、無神経無表情くん」

亜里砂ちゃんがワイングラスを揺らしながら、祖母を見て微笑んでいる。

梗介さんは、亜里砂ちゃんが祖母思いのいい子であることにやや驚いている様子。

私は苦笑しつつ、梗介さんの横腹をつついてみた。

彼はまだ面食らってはいたけれど、少し考え込んだ。

「君を誤解していた部分があったようだ」

梗介さんは、ワインを美味しそうに味わっている亜里砂ちゃんを一瞥すると、重い口を開く。

「君の生き方は、理解できる。性格は微妙だが」

「ちょっと、それ褒めてないし。完璧な私に対して何それ?」

不満げに言いつつも、ワイングラスが大きく揺れだした。

亜里砂ちゃんなりの照れ隠しなのか、かわいい。

「今さら私のよさに気づいても、超遅いし。残念だったね。堅物無表情、退屈男」

「もう。亜里砂ちゃん」

せっかく梗介さんも亜里砂ちゃんのよさに気づいてくれたのに、台無しだよ。

軽くいさめるも、亜里砂ちゃんは意に介さない様子。

「かわいい咲良に慰めてもらうといいわ」

ワインを一気飲みしたあと、亜里砂ちゃんは祖母のもとへ行ってしまった。

梗介さんはコーヒーを飲みながら、どこかご機嫌だ。

「だそうなので、慰めてもらおうか」

いたずらっぽく口角を上げ、私の瞳を覗き込む。

「もー」

こんなところでそんな甘いセリフは反則です。心臓がもちません。

顔が火照る中、彼の肩を叩いて恥ずかしさを紛らわせるが、彼はさらに機嫌がよくなった。

「一ノ瀬さんの楽しそうな顔、久しぶりに見たな」

「梗介さん、『一ノ瀬さん』ではなくて『お義祖母《ばあ》さん』って呼んだほうがいいんじゃない？」

「なるほど。そうだな。少し緊張する」

私の両親には緊張していなかったのに、なぜか祖母には緊張するらしい。彼の基準はわからない。

「お義祖母さんには、俺も感謝しかない。君には男性として見られていないと思っていたから、お見合いは絶好のチャンスだったよ」

彼は飲み終わったコーヒーのカップを静かにテーブルに置くと、こちらを見た。

その瞳の甘さに、気を失いそう。

「今は夫として新たな発見や悩みができることが、楽しみでたまらないな」

きゃーっ！

ここがホテルのレストランじゃなかったら、彼に抱きつきたい。でも、そんなことしたら亜里砂ちゃんから何て言われるか知れないので我慢するしかない。

「すっごーい！　ねえ、咲良。おばあちゃんの家庭教師時代の写真だって」

祖母といる亜里砂ちゃんが大きな声を出し、手招きしてきた。

「えー。見たいな」

私もいそいそと立ち上がる。祖母たちのもとに行き、祖母が持っている写真を覗き込む。

写真はオーナーが持ってきてくれたらしい。

昔の祖母は、祖父が惚れてしまうのも納得の美人だ。しとやかな亜里砂ちゃんみたい。

「懐かしいわあ。昔を思い出しちゃうわ」

うれしそうな祖母に、私も亜里砂ちゃんも頬がゆるんでしまう。

自分のことで祖母がこんなに喜ぶのはいつぶりかな。

「亜里砂ちゃん、悪いけど私の杖を取ってくれるかしら？」

「大丈夫？　無理に立たないでよ」

「いいのよ。もっとよくこの絵画を見たいの。私の教え子が描いた作品らしくって」

乙女のように目を輝かせる祖母は、とても興奮しているようだ。

久々に自分から杖を持って立ち上がる祖母と、彼女を笑顔で見守る亜里砂ちゃん。

絵に描いたような幸せな場面だった。

祖母はもっと間近で見ようと、絵のほうに擦り寄った。

「うっ」

苦痛に顔を歪めた祖母が胸に手を当てる。その瞬間、祖母の身体が前方に倒れていく。

すべてがスローモーションのように見えた。

「おばあちゃんっ」

「一ノ瀬様っ」

亜里砂ちゃんとオーナーが声を上げた瞬間、私はヒールが脱げるのもかまわずに駆け寄った。

心臓を押さえて倒れかかった祖母を、必死で抱き止める。

「痛いっ」

「おばあちゃんっ。どこが痛いの？　胸？」

祖母は冷や汗をかきながら、小さく声を漏らしている。

「おばあちゃん、おばあちゃん」

「きゅ、救急車、救急車呼ばなきゃ」

亜里砂ちゃんはスマホを手に持ったけれど、混乱していてうまく電話番号を押せないようだ。

異変に気づいた梗介さんがすぐに駆けつけてきて、亜里砂ちゃんを制した。

「大丈夫です。椅子に座ってください」

「じゃあ椅子を並べて簡易ベッドにするね」

梗介さんの言葉を受けて、亜里砂ちゃんが椅子を持ってこようとするのを、彼はまた制止する。

「屈んだり無理な体勢で寝ると心臓を圧迫してしまうから、楽な姿勢で座るほうがいい。興奮させないよう、落ち着いて。無理なら離れて」

彼はテキパキと祖母を介抱していく。そして腕時計を見て何かを確認しながらどこかに電話をかけている。

梗介さんは落ち着いているけれど、私は不安でいっぱいで吐きそうだった。

おばあちゃんに何かあったらどうしよう。何か容態が悪化して、歩けなくなったらどうしよう。

あんな幸せそうに無邪気に笑う祖母を見られてうれしかったけど、無理をしていたことに気づけなかったのかな。

――あっ！

こんな時のために、応急処置の方法を鶴丸さんに教えてもらってたじゃない。梗介さんの邪魔をしないよう、私ができること……。

大きく息を吸い込んで、祖母のブラウスのボタンを外し、楽にさせる。

万が一に備えて、AEDも周囲から探して持ってきて、梗介さんの横に置く。

しだいに祖母の表情が和らいできた。どうやら発作が収まってきたようだ。

「……四分。落ち着きましたか？」

祖母が胸を押さえながら顔を上げて、力なく頷く。顔色は真っ青だ。

たった四分とは思えないくらい、時間がとてつもなく長く感じた。

私も週に三日は通っていたので、祖母の軽い発作は見たことがある。もし十五分以上の長い発作が起こった場合は、心筋梗塞の疑いがあるのですぐに救急車を呼んでほしいと以前聞いていた。

今回は四分なので、深刻な状態ではないと思いたい。

梗介さんは心配そうにしているオーナーと私を順番に見ながら、落ち着いて指示してくれた。

「一ノ瀬さんをうちの病院へ連れていきます。すみませんが、ホテルの方に頼んで、車を運んできていただけますか？　僕が車椅子に移します。咲良は荷物を」

また、梗介さんはおろおろしている亜里砂ちゃんに目を向ける。

「君には、一ノ瀬さんの屋敷に行って数日間の入院の準備をしてきてほしい」

「あ、うん。わかった……っ」

亜里砂ちゃんが何度も頷いたあと、真っ青な顔で梗介さんの腕をつかむ。

「入院って、おばあちゃん悪いの？」

梗介さんが、車椅子に乗っている祖母に視線を落とす。

祖母には聞かせたくない話なのだろう。

目だけで亜里砂ちゃんを制す。

「念のための検査入院です」

彼はそれだけを言うと、車椅子を押していった。

「……私がおばあちゃんを無理に連れ出したからじゃん。あんたが止めたのに私が」

少しうつむいて震えている亜里砂ちゃんは、私に背を向け、いら立った様子を必死に隠していた。

「亜里砂ちゃん、大丈夫だから行こう」

「あんたもあいつも、自分に責任がないから冷静でいられるのよ！　私のせいって思ってるんでしょ」

祖母の車椅子を押して店を出ようとしていた梗介さんは、震える声を荒らげた亜里砂ちゃんを一瞥する。

祖母に聞こえないように、私は亜里砂ちゃんを引っ張って、いったん店の奥へと進んだ。

まだ震えている亜里砂ちゃんが心配で、必死で安心してもらおうと言葉を探した。

「私も亜里砂ちゃんの行動に賛成したんだよ。軽い発作だから大丈夫。私のほうがおばあちゃんの荷物の場所はよくわかるから、亜里砂ちゃんはおばあちゃんにつき添ってあげて」

祖母は何かあった時用に、部屋に荷物をまとめておいてくれていた。

その場所を把握している私が行ったほうが早いし、今の亜里砂ちゃんは、一人で行動できそうにないほど動揺している。

うなだれた亜里砂ちゃんの手を引っ張り、エレベーターホールへと向かう。

そして、祖母の鞄を亜里砂ちゃんに渡して、エレベーターに押し込む。

「笑顔で、励ましてあげてね」

亜利砂ちゃんを見送り、ドアが閉まると、オーナーのもとへ。

料理の会計を支払い、騒ぎになったことを詫びたが、オーナーが気にしなくていいとおっしゃってくれたので、礼を言ってタクシーで祖母の屋敷へと向かった。

＊＊＊

祖母の屋敷で荷物をピックアップして病院に到着する頃には、空は茜色に染まり、ロビーを歩く私の影は長く伸びていた。

病室を聞こうと受付に向かっていたが、たまたま通りかかった梗介さんに呼び止められた。

「咲良、こっちだ」

急いで彼に駆け寄ると、「心配ないよ」と落ち着いた声で教えてくれる。

「おばあちゃんは？」

「大事をとって一日入院してもらう。容態は落ち着いているので、問題はない」

梗介さんに手をポンポンと頭に乗せられ、両手で持っていた祖母の鞄をさらに強く握りしめた。

よかった。おおごとにならなくて……。

「入院の手続きのためにいったん離れる。先に行っていてくれないか？」

「すぐに向かいます」

病室の部屋番号を聞いて向かうと、ドアが開けっぱなしだった。

でも、ベッドを囲むカーテンの中から亜里砂ちゃんのすすり泣く声がして、声をかけられないまま部屋の前で立ち止まる。

窓から夕日が差し、ベッドに顔をうずめている亜里砂ちゃんのシルエットが見えた。

「何を泣いているの？　時々こんな軽い発作があるのよ。もう大丈夫」

祖母は元気な声を出しているが、亜里砂ちゃんはまだ落ち込んでいるようだった。

「亜里砂ちゃん、私ね、今日はとてもキラキラした気分でいられたの」

祖母はまるで、子供に絵本を読み聞かせるかのように優しい声で話す。

「あの人……梗一《きょういち》さんが生きていた時は、あの人の周りはいつも輝いていたの。でも、私を置いて先に天国へ行ってしまったでしょう？　それから私、いっつも思い出の中のキラキラにすがっていたのよ」

「……私、おばあちゃんにもっと私の好きなもの見てもらいたかったの」

涙声の亜里砂ちゃんは、鼻を鳴らしながら声を震わせている。

亜里砂ちゃんが祖母を好きなことは、私もよく知っている。亜里砂ちゃんの素直な気持ちに、私も胸が苦しくなった。

「ええ。かわいい孫がこうして外に連れ出してくれたおかげで、あの人がいなくても、世界は輝いているんだなって気づけたわ。あなたと咲良ちゃんのおかげ。本当に今日はありがとうね」

すすり泣く声が大きくなった。

亜里砂ちゃんの泣き声が周囲に響きそうで、そっとドアを閉める。

「中に入らないのか？」

手続きの封筒を持ってきた梗介さんが、私を不思議そうに見るので、周りに誰もいないことを確認してから抱きついた。

「……咲良？」

「ありがとうございました。おばあちゃんを助けてくれて、本当にありがとうございました」

何もなくてよかった……。

私も亜里砂ちゃんも焦って混乱している中、冷静に対応してくれた梗介さんのおかげだ。

そして祖母の言葉を聞いて、やっぱり外に連れ出してよかったんだと思える。

自分を責めていた亜里砂ちゃんも、救われたんじゃないかな。

リスクがある中、了承してくれた梗介さんには本当に感謝している。じわりと心が熱くなると同時に、涙が込み上げてきた。

「おばあちゃんが一歩踏み出せたの。うれしい」

「俺は自分の役割を全うしただけだ。咲良も――」

「そうよ。咲良、あんたにも話があるわ」

真っ赤な鼻の亜里砂ちゃんが勢いよくドアを開けたので、梗介さんに抱きついていた私は慌てて離れた。

小声で話していたつもりだったけれど、どうやら私たちの話し声が聞こえていたらしい。

亜里砂ちゃんは納得がいかないような顔で、大げさにため息をついた。

「私が倒れ込むおばあちゃんを支えようとしたのに、あんたに持っていかれたわ」

強く睨まれたが、こんな真っ赤な鼻では優しいことがバレている。

私も涙を拭《ふ》いて、へらっと笑う。

「亜里砂ちゃん、大きな仕事が入っているから身体を傷つけられないって言ってたでしょ。私なら最近、受け身の取り方とか勉強してたし」

祖母の庭によく出入りするのは私なんだから、応急処置について学んでおいて得しかない。

「あんたがあんなに的確に行動できるとは思わなかったわ。あんたみたいな普通で取り柄のない愛嬌だけの子はさ、私が面倒見てあげなきゃって思ってたのに、なかなかやるじゃん。私もできたけどね」

すごくいろいろ言われているけれど、亜里砂ちゃん的には褒めてくれているのかな。ずっと憧れていた亜里砂ちゃんにこんなふうに言ってもらえてうれしい。

へへっと笑うと、亜里砂ちゃんは目を吊り上げた。

「調子に乗らないで。今回だけよ」

亜里砂ちゃんは私が持っていたバッグを奪うと、自分の胸に手を置いて胸を張った。

「あんたなんかに助けてもらわなくても、おばあちゃんぐらい自分で支えられるの。お節介はほどほどにしなさいよ。あとレストランのお金も合計金額きっちり一円単位で報告して。払うから」

ふんっとそっぽを向いたあと、亜里砂ちゃんは病室へ入って祖母のもとへ荷物を持っていく。

「咲良ちゃーん、咲良ちゃんも来てくれたの？」

「あの子は気にしなくていいよ。廊下で旦那とイチャついてたから」

そう言った亜里砂ちゃんに、ドアまで閉められてしまった。

梗介さんは眉間に皺を寄せ、私のほうを見る。

「……君の従姉はいい性格をしているな」

「多分、泣き顔を見られたから、照れ隠しなんだと思います」

化粧も崩れていたし、すっぴんでも綺麗だけど完璧ではない部分を見られたくないのだろう。

そして名誉挽回《ばんかい》したいのか祖母にべったりなので、私はこのあと祖母に軽く挨拶してから、家に帰ることにした。

このまま出勤することにした梗介さんをとりあえず見送ろうと、エレベーターホールまで歩く。梗介さんと目が合ったのでお互い微笑んだ。

「今日は君も疲れただろう？」

「梗介さん、私……」

腕時計に視線を向けた彼の腕をつかむ。

「本当に梗介さんのお仕事、尊敬してます。今日は本当にありがとうございました」

人の死に直面するのだから、彼だってきっと複雑な思いを抱えるだろう。でも、パニックになる患者の親族と違って、あえて冷静でいなければいけない。そのうえ表情が乏しいから、患者の家族に冷たく見られてしまうこともあるかもしれない。

結婚した当初はそれが心配だったけれど、今はそんなこと気にならない。どう思われようと、彼は患者とその家族を救っているし、私もそのことに誇りを持っているから。

「当たり前のことをしたまでだ」

「その当たり前が、ほかの人や私にはできないです。心配してくれてありがとうございます。大丈夫です」

腕をつかんでいた私の手を、彼の手が包み込む。

「じゃあ。今日は家でゆっくりしていて」

微笑んだ彼は、名残惜しげに手を離してエレベーターに乗り込む。

閉まる扉に手を振っている今、心はぽかぽかに温かい。

私の旦那様は、誰よりも尊敬できる素敵な人だ。

彼が姿を消しても、しばらくその場に立ち尽くしたまま、彼への想いを実感し、誇りに感じていた。

「そこのバカップルの片割れ。讃良医師は？」

書類を持った亜里砂ちゃんが、辺りをきょろきょろ見回した。

「いつの間に？」

びっくりした私に、亜里砂ちゃんが指で書類を示した。

「入院手続きの書類、さっさと出そうと思って急いで追いかけてきたんだけど、旦那様は？」

「もう仕事に戻ったよ。亜里砂ちゃんは？」

「うちの親が来るまで待機。あんたは早く帰りなよ。説教に巻き込まれちゃうから」

祖母を大事にしている伯母さんは確かに説教しそう。一ノ瀬製薬会社の役員をしているので、厳格で威圧感がある人だ。

周りに誰もいないからか、亜里砂ちゃんは本音を吐露《とろ》するかのように大げさにため息をついた。

「ああ、本当にあんたのダーリンが性悪で女の身体目当ての最低野郎だったら絶対に別れさせようと思ってたのに。再び完敗させられちゃったわ。なんなの、あいつ」

亜里砂ちゃんも、彼の完璧さを認めざるを得ないようだ。

仕方ない。梗介さんは本当に素敵な旦那様だもの。

「ふふふ。真逆だったでしょう。誠実で温かくて、とびっきり優しくて、どの角度から見てもカッコよくて、疲れている顔さえ愁いを帯びてセクシーなの」

「……うわあ」

若干呆れられたけど、亜里砂ちゃんのいいところを梗介さんに知ってほしいように、亜里砂ちゃんに梗介さんのいいところを伝えたい。

「私の初恋相手だし、存在自体が拝みたくなるほど素敵でね。性格なんて文句なしで、やっぱり優しいところが一番。亜里砂ちゃん、彼の魅力をいっぱい教えるから、もしよかったら今度、うちに遊びに……」

冷たい視線を向けてくる亜里砂ちゃんに、負けじと熱く語っていたけれど……。その視線がいつの間にか私の頭上に移動し、より険しくなっている。

「あんたのかわいいハニーのうざったい口に、この書類を突っ込んでいいかしら？」

「亜里砂ちゃん、何を？」

「すまない。ハニーには俺にだけ言うように伝えておくよ」

突如聞こえてきたのは、梗介さんの声。

まさかと思い振り返ると、彼が私の頭上で亜里砂ちゃんから書類を受け取っている。

さっき見送ったはずなのに、どうしてここに？　いやそれよりも今のセリフ、聞かれてたよね。

恥ずかしさで顔から火が出そう。

「……えーっと」

照れて目を合わせられない私に、梗介さんはクスッと小さく笑った。

「明日、帰宅したらゆっくり聞こう」

「う、ううう」

どうして戻ってきたの？

「この階にいる鶴丸に用事を思い出して戻ってきたんだが、正解だったな」

うわあ。ついに心の声まで聞こえるようになってしまったのかな。

恐る恐る振り返ると、彼は口元を隠して横を向いている。亜里砂ちゃんの前だから、にやけるのを我慢している様子だ。

「あー大変。今までの私の行動、ヤバいじゃん。馬に蹴られて死んでしまいそう」

亜里砂ちゃんが私を白けた顔で見てくる。

「ん？　蹴られて怪我した人がいるの？」

ひょいっと廊下の向こうから顔を出したのは、車椅子を片づけている鶴丸さんだ。

これには、梗介さんも嫌そうに声を漏らしていた。

鶴丸さんは、亜里砂ちゃんを見て目を見開いていた。

「……モデルの一ノ瀬亜里砂さん」

「そう。雑誌で見るより綺麗でしょ？　ありがと」

まだ何も言ってないのに、亜里砂ちゃんは髪をかき上げながら得意げだ。

そんな亜里砂ちゃんの自信満々な様子を気にもせず、鶴丸さんはうっとりしている。

「すごい。姿勢が誰よりも綺麗です。整体師の父も骨格標本が欲しいって言ってた。実物も国宝レベルで美しい」

「これ、褒められてるの？　蹴り飛ばしていいの？」

亜里砂ちゃんが『これ』と鶴丸さんを指差すのを苦笑いするしかなかった。

これは亜里砂ちゃん、今日は厄日でしかない。

「骨格や姿勢だけじゃなくて、心も綺麗なんですよ」と鶴丸さんに伝えると、亜里砂ちゃんにうっとうしそうに「さっさと帰りなさいよ、十人並み」と言われた。

鶴丸さんには尖っている亜里砂ちゃんもかわいく見えるらしく、「本当に綺麗な人だ」と頷いている。

「鶴丸、いい加減にしとけ。それと確認したいことがあるから、ついてきて」

梗介さんは、鶴丸さんを強引に引っ張ると歩きだした。

「あっ鶴丸さん、あの」

私が呼び止めると、梗介さんが怪訝そうな顔をした。

けれど、伝えておかなければ。

「あの、ご実家の整骨院で応急処置やＡＥＤの使い方を教えていただいてから、自分でもちょこっと勉強してたんです。今日は、幸いにも使わなかったんですが、その……いつもより慌てずにすみました。ありがとうございます」

深々と頭を下げる。

「おばあさんのためや、梗介の奥さんとしていろいろ勉強したいからって頑張ってた咲良さんは、素敵だなって思いましたよ」

太陽のようにくしゃっと微笑んでもらい、うれしくて下を向いてしまった。

「確かに」

うつむいていた私が顔を上げると、梗介さんも頷いてくれている。

「もし、発作がひどかったらＡＥＤが助けになってただろうから、あれはいい判断だった。君は自分に自信がないと言うけど、一番パニックになりやすいところで冷静に行動できる人はそんなに多くない。……いろいろと勉強してくれていたんだな」

感慨深そうに言いながら頭を撫でてくれる彼。

うれしくて笑顔で頷く。咄嗟の行動を認めてもらえた。

「ありがとう」

ぱあっと心が温かくなるような、優しい言葉。

自分から勉強しようと動いてよかった。もっとこれからも頑張っていきたいと素直に思える。自分は何もできないと思っていたけど、こんなふうに皆から褒めてもらえるなんて……。何だか心が前向きになって、ちょっぴり強くなれた気がする。

「まあ鶴丸の実家でのことは、こいつから詳しく聞いておこう」

梗介さんはご機嫌で、私に小さく手を振ってくれていた。が、鶴丸さんにはやや乱暴に肩をつかんで歩かせているように見えた。

それから廊下を歩く伯母を見つけ、気づかれる前に病院から脱出した。

結局私が帰宅した頃には、空は真っ暗に染まっていた。

＊　＊　＊

十日後――。

遅くなったが初詣へ行くことにした。

身にまとったのは、淡いピンク地に宝物が一ヵ所に描かれた宝づくし模様の着物。

和装コートを羽織っても、首元が氷を当てられたように寒かったけれど、彼が神社へ行く途中でマフラーを買ってくれて、温かくて幸せだ。

神社に着くと、去年一年間のお礼をして今年もずっと皆が健康であること、さらに梗介さんが幸せであることを祈り、二人でおみくじを引いた。

その後、『宿花』と『一梗』にもご挨拶へ。

新年の際のお礼を祖母が伝えたがっていたのだが、まだ安静にしてほしかったので私たちが代理で来た。予約していたランチはどれも美味しかったけれど、着物ではやはり苦しくてお腹いっぱい食べられないのが残念だ。

「次は何を植える予定なの？」

料亭で食事を終えたあと、美術館の庭園を散歩しながら梗介さんが尋ねてきた。

そうだ。そろそろ春の花の準備もしなくてはいけない。

「三月は桜を見上げる時期なので、その間に土を肥やして四月頃にチューリップを植えようかなって思っています」

「うん。確かに春はいつもチューリップが咲いていた気がするな」

彼は庭いじりの協力をすると言ってくれているけれど、仕事が多忙なのだからできれば身体を休めてほしい。花壇作りは私の趣味なので苦ではない。

二人で見つめ合って微笑んでいたら、彼が私の着物の裾を持ち上げた。

「梗介さん？」

「君の着物姿は素敵なのだが……」

突然話が変わったので足を止めた。池の水面に私の着物が揺れている。

「やはりウエディングドレス姿も見てみたい」

まっすぐに見つめられ、戸惑う。

想像したこともなかったので一瞬混乱したけれど、少し眉間に皺が寄っている様子からして、梗介さんは真剣だ。

「え、えー……」

自分がウエディングドレスを着るなんて、全く考えてもみなかった。美術館での結婚式だったし、急遽《きゅうきょ》バタバタと準備したから和装だけでいいかなって思っていた。

「君の会社でもオートチュクールでマリアベールを作っているだろう。いつだったか君がマリアベールについて語っていた時、君にも俺がつけてあげたいと思った」

「そういえば、そんな話もしましたね」

確かに、ウエディングドレスの試着を手伝っていると羨ましく思うこともあるので、未練がないわけではない。でも、忙しい彼に、ドレスの打ち合わせや写真についていろいろ考えてもらうのは気が引ける。

「写真撮るだけでいいから、新婚旅行でウエディングドレスを着てくれないか？」

新婚旅行――。

これほど忙しい彼と旅行なんて大丈夫なの？

「で、でも、私、本当に幸せで、これ以上幸せになるのは贅沢なぐらい毎日満たされていますっ」

美しい着物であんなに素敵な結婚式を挙げられたし、祖母も喜んでくれたから、私は充分満足している。忙しい梗介さんのお手を煩《わずら》わせるよりは、やっぱり家でイチャイチャしていたい。

「咲良」

ためらう私の手を、彼がつかむ。

「俺は君を今日よりも明日、明日よりもあさってと、ますます幸せにしたいんだ」

つかんだ手に力が入り、彼の愛情が伝わってくる。それがうれしくて、じわりと視界が滲んだ。

「梗介さんっ」

「以前、海外旅行に行ったことがないと言っていただろう？　グアムかハワイか、バリか……君の意見もいろいろと聞きたい。俺も海外旅行、ましてやハネムーンは経験がないので、手さぐりになってしまうが」

そういえば以前、そんな会話をした気がする。あの時、神妙な顔で沈黙してたけど、そんなことを考えてくれてたんだ。

「ありがとうございます！　私、全力でいろいろ研究して楽しみますっ」

繋いでくれた手を、両手でつかむ。

幸せな今を、日ごとに更新していく。彼から言ってくれたんだ。明日もあさっても、ずっと、私のそばにいてくれるって。

「そうと決まれば、まずはダイエットー！」

「ん？」

彼の手に力がこもる。

「君は身体のどこを悩んでいるのか、きちんと俺にも教えてくれるかな」

口は災いの元。

彼の目が微かに怒っているのがわかる。一時期の食事制限はバレて禁止されていた。

でも、写真は一生残るものだし……。

「えっと、ドレスは二の腕とか出ちゃうし、ハワイやグアムなら水着とか着るので、身体のラインを引き締めたいし……。今の体型のまま写真に残るのはちょっと、抵抗が……」

焦って、たらりと冷や汗が出たが、彼は私の耳元で甘く囁く。

「早く切り上げて、君の体型を家で確認させてもらおうかな」

彼の意地悪な言葉に頬が火照る。

でも――。

確認してください。

なんて、彼の言葉に屈服させられそう。甘い声で囁くなんて卑怯だ。

ずっと見ているだけで幸せだと諦めていた相手と、こうやって手を繋いでクリスマスを過ごしたり、初詣に出かけたり、ふれ合って彼の身体を感じられたりして、夢のようだ。

好きな人と一緒にいる。ただそれだけで、私はきっと明日もその先もずっと、幸せに違いない。

「君は、少しは反省して」

困らせようとしていた彼も、私のにやけた顔を見て、目を細めて苦笑している。

「まあ、いい。確認しに帰ろうか」

雲一つない青空の下、私は先ほどの料亭で食べた桜餅《さくらもち》よりも真っ赤になりながら、梗介さんと手を繋いで家まで帰ったのだった。

エピローグ

あれから数ヵ月が経った。

窓の外に広がる空は、夕焼け色に染まっている。

マンションから見える公園は、桜の木々でピンクに染まっていた。

公園の奥のカフェでは、桜色のパンケーキを期間限定で販売中だ。

祖母の庭園も、公園に負けないほど美しく桜が咲き乱れ、チューリップが今か今かと蕾《つぼみ》を大きく膨らませていた。

「ふふ」

鼻歌を歌いながら、キッチンやリビングのテーブルを拭く。

あと数分で彼が帰宅する。空がまだ暗くならないうちに、梗介さんが帰宅するのは久しぶりだ。

先ほど一階のインターフォンが鳴った。私が手配しておいた物がフロントに届いているはずだ。

梗介さんにそれを持って上がってほしいと伝えてある。

鼻歌を歌いつつ、リビングの壁に飾っている写真を見て顔がにやけてしまう。

グアムの海岸で撮った、ウエディングドレス姿の私とタキシード姿が素敵な彼の写真。どこまでも続くコバルトブルーの海岸で、私が選んだ十メートルのマリアベールが風にさらわれるのは、困惑したけれど写真としては美しく映えた。

写真も満足だけど、二人でゆっくり過ごすハネムーンに、そのまま帰りたくなくなったのを思い出す。

笑顔で幸せいっぱいな写真の隣には、手を握って美術館の庭園を歩いている緊張した私と、無表情の梗介さんの結婚式の写真も飾ってある。

緊張してうまく笑えていないが、彼の手を取り一緒に歩いているだけで、真っ赤になりつつも幸せそうな自分。

これを見ると初心に戻れそうなので、一緒に並べている。

いつも大切にされていると感謝を忘れてしまって、帰りが遅いとか、ソファで寝てしまう癖とかに小言を言いそうになるけれど、結婚した当初は、自分の運のよさを痛感し、彼にふさわしくなろうと悪戦苦闘していた。驕《おご》る自分になってはダメだ。

でも、いい変化は大歓迎。

彼は、結婚してから本当に表情が柔らかくなったように思える。本人にそれを伝えても『君のおかげだよ』とキザなセリフしか返ってこないけど。

先日、芽依夫妻と四人で食事に出かけた時、初対面の二人にもさわやかに笑っていて、素敵な旦那様だと大絶賛されてうれしい。

玄関の鍵を開ける音がしたので、スリッパの音を響かせながら廊下を駆け、ドアを開けた。

「ただいまー」

私が注文したピンクの薔薇の花束を持った彼が、私を見て微笑んでいる。

両手で抱えるほど大きな花束に、さすがの彼も不思議そうだった。

一緒にリビングへ向かう間、口元がほころんでしまうのを必死で隠しながら、会話を続けた。

「おかえりなさい。花束も受け取ってくれてありがとう。お風呂沸いてます」

花束を受け取りながら、彼の顔を見上げる。

「ありがとう。花束も綺麗だな。どうしたんだ？」

彼が手首の時計を外しながら私に尋ねる。

私は薔薇の花束の包みを外し、用意していた花瓶に移しながら小さく笑う。

「内緒です。でもピンクの薔薇の花言葉って知ってますか？」

「花言葉か……いくつか君から聞いていたが薔薇は確か色によっていろんな意味があ

ったし、本数とかでも違ったな。プロポーズに用いるのは百本だと知っているが」

「ふふ。そうですか」

彼が首を傾げながら寝室へ向かうので、いつ伝えようか悩む。

この数ヵ月で彼が花に興味を持ってくれて、花を贈る時に花言葉も気にしていることを知っている。

私への想いが膨らんでいくように、送ってくれる花束がだんだん大きくなっていって両手で持てなくなっていた。

だから気づくかなと賭けてみたが、難しかったようだ。

私は、今までもらった花束よりも大きな花束を、どうしても作りたかった。それは、今まで何度も贈ってくれた彼への感謝の気持ちでもあるし、これからの未来を示すことにも繋がっていた。

うーん……。

でもしっかり言葉で伝えたほうがいいよね。遠回しに言うのは、照れ隠しだったのだけど、いざ面と向かって言うとなると緊張してしまう。

「あの、梗介さん」

おずおずと寝室へ顔を覗かせると、梗介さんはスマホの画面を見つめたまま驚きの表情で固まっていた。いつも冷静な彼が珍しい。

「あの、ピンクの薔薇の花言葉は、ですね」

「咲良っ」

彼は声を張り上げ、スマホを放り出したかと思うと、私を力いっぱい抱きしめた。

突然のことに驚いて目を丸くすると、彼の鋭い双眸もまた大きく見開かれている。

床に落ちたスマホには、ピンクの薔薇と花言葉が映し出されている。

『ピンクの薔薇の花言葉は〝子を授かりました〟』

早速、調べてくれたんだ。

梗介さんから離れてスマホを拾い、彼に差し出すと、彼はうれしそうに微笑んだ。

こんなに喜んでくれてうれしい。

「抱きしめても、お腹に大丈夫だろうか？」

「ふふ。お医者さんがそんな心配をするんですか？　じゃあ、私から抱きつきます」

そう言って彼に抱きつくと、彼が恐る恐る抱きしめ返してくれた。

「ありがとう。君にはいつも幸せをもらっている気がする」

「へへ。偶然ですね。私もです」

それからリビングに戻って一緒に薔薇を花瓶に入れると、花の匂いが部屋中に広がり、幸せに包まれた。

そして、早速役所でもらった母子手帳を鞄から取り出して、彼に手渡した。

彼はしげしげと表紙を見つめ、ぱらぱらと見ている。

「今度受診する時は、俺も一緒に行く」

彼の目が輝いているのがわかって、心が躍る。

最初は見ているだけで精一杯で、自分から一歩踏み出せなかった恋。

劣等感で空回りしたこともあったけれど、今はこの幸せを全身で感じている。母子手帳をテーブルに置いて、感慨深そうにため息をつく愛しい人を見ていたら、思わず笑みがこぼれてしまう。

「明日は……」

「はい」

「何か赤ちゃん用品でも買いに行こうか？」

「ふふ。明日は家でのんびりしましょう」

まだ宿ったばかりの赤ちゃんの、何を買いに行くのだろう。彼の目の輝きから察するに、視界に入った物を片っ端から買ってしまいそうだ。

最近、私に買ってきてくれる花束が、両手では抱え切れないぐらい大きくなっていたのだから、彼は意外とブレーキを踏まない。
この様子では先が思いやられるな。
幸せな悩みがまた一つ、増えたのだった。

番外編
花の香りが満ちる家　［Side　梗介］

一ノ瀬家の屋敷に初めて訪れたのは、ご当主であられる一ノ瀬梗一氏が亡くなった年だった。

俺はまだ研修医で土日も忙しく、何とか睡眠時間を確保している状態だった。

朝のカンファレンスの時間に父から連絡が入り、急遽葬式に参加した。

一ノ瀬梗一は豪快に笑う人で、酒を飲むと酔って奥さんの自慢ばかりしていた。

年末に母が知人に料理を振る舞うのだが、一ノ瀬製薬会社の社長とその夫人は、一ノ瀬家の先代からのつき合いなので毎年参加されていた。

彼は表情が変わらない父や俺と違って話が面白く、表情豊かで人を惹きつけるような人。そして酔いが回ると落ちるように眠ってしまい、奥様がいつも頭を下げながら引きずって帰っていっていた。

あの人が亡くなった一ノ瀬の屋敷では、夫人の桔梗さんの泣き声がよく聞こえてきた。

泣いては発作を起こし、鎮痛剤を打つ。

愛する人の死は確かに悲しいものだろう。

けれど一ノ瀬家の代表が亡くなってしまった今、もう少し夫人には、大人として聡明に振る舞ってほしいとも思っていた。

寂しく、地面に落ちた枯葉がカラカラと音を立てて風にさらわれていく。少し前まで観光客に開放されていた美しい花畑には雑草が生い茂り、見る影もなかった。

一ノ瀬家の人々は皆、棺桶《かんおけ》に抱きつくようにして泣いている。

横を見れば、父も涙を流していた。

関わりが薄かったとはいえ、泣けなかった自分はこの場では異質に感じられた。感情が乏しいと言われても仕方がない。

ただ窓辺の桔梗の花だけが美しく咲き誇り、朝露に濡れて日を浴び輝いていたのが印象的だった。

俺の祖父は、懇意にしていた一ノ瀬家の庭に美しく映える桔梗に惚れて、そこから一字取って俺に『梗介』と名づけたらしい。この時から、互いに孫同士をお見合いさせる意思があったのかもしれない。

両家が顔を合わせるパーティーでは、一ノ瀬家の長女の娘である亜里砂さんがよく参加されていたように思う。ただ俺は彼女のことを意識して見たことはなかった。

別に感情がないわけではない。父に似て、それが表に出にくいだけだ。鏡で自分の顔を見ながら表情を動かしてみても、微々たる変化しかなく、やはり億劫で面倒な動作だった。もはやこれは個性と捉えるしかない。煩わしいつき合いから距離を置けるので、利点だと思うこともあった。

だが、その一方で、鶴丸の表情の豊かさを羨ましがる自分もいた。

一ノ瀬さんが発作を起こしながらも泣く姿を見て、俺はどうしてこんなに薄情なのかと己を恥じ、一ノ瀬家に関わるうちに何か見えてくるのではと淡い期待を胸に抱いた。

その頃、ちょうど研修を終えて讃良病院で正式に働きだし、父から一ノ瀬さんの主治医を任された。

はっきり言って、寝る時間さえあまりない激務の中、彼女の主治医はほかの医師に任せるほうが賢明だと思っていた。それに死の匂いが漂っていたあの一ノ瀬家の館に行くのは、気が重かった。

あの桔梗の花はもう咲かないのではないかと、不吉な思いが脳裏から離れなかった。

まだ夫人の気持ちに影が差していたら、違う人物に主治医を交代してもらおうかとさえ考えていた。

「あー。すみません」

来客用の駐車場に車を停めようと屋敷の前でウインカーを出していたら、台車を引いたジャージ姿の女の子が正面の門から飛び出してきた。駐車場の端に置かれた肥料や土が、雪崩《なだれ》が起きたかのように崩れていて、邪魔だと思ったのか慌ただしくどこかへ運んでいく。

揺れるポニーテールとちょこちょこ動くハムスターのような動作に、かわいらしい方だな、と自然に思えた。

駐車して車を降り、あとを追うように門の中へ入ると、以前とは見違えるような光景が広がっていた。

「……ここは」

荒れ果てていた花壇には、黄色や白、ピンクなどの色とりどりの花が咲き誇り、光に満ちている。

「わ、足元に注意してください。さっき、土を通路にばらまいてしまって。お靴が汚れたらすみません」

二メートルほど先の木の向こうから声がするも、顔は隠れて見えず、ポニーテールだけが揺れていた。

先ほどの女の子だろうか。

木の向こうを覗こうとすると、逃げられてしまう。

「祖母が待っています」

早く俺を視界から追いやりたいらしい。これ以上、粘る必要もなかったので、一ノ瀬さんのもとへ向かった。

「綺麗な花でしょう。シンビジウムって言うんですって」

一ノ瀬さんは、うれしそうに窓辺の花壇を眺めていた。

「私ってばここ半年間、寝たきりだったでしょう。孫娘が、庭師にトピアリーの修復をお願いしてくれたり、土に肥料を撒いてくれていたのよ」

葬式の時に庭に活気がなかったのは、土を寝かせていたかららしい。

「全くあの子ったら、鼻に土なんかつけちゃって」

クスクスと柔らかく笑う一ノ瀬さんは、元気を取り戻しているようだった。

「あの子、素直でかわいくていい子なのよ。なのに花壇ばかりいじっちゃって。お嫁に行けるのかしら。かわいいのだから、お嫁に行ってほしいわ」

一ノ瀬さんが頭を悩ませているので、一緒に窓から彼女を見つめた。

重たい土を何個も台車に乗せて、フラフラしながら花壇の前まで運んでいる。

診察を終えると、彼女が通路上にばらまかれた土をスコップで集めていたので、手伝おうと急いで庭に向かい、近づいた。

「綺麗な花ですね」

何と話せばいいかわからず、何気なく言葉を放つと、彼女が鼻に土をつけたまま顔を上げた。

「祖母の誕生月の、シンビジウムっていう花なんです。花言葉は『飾らない心』『誠実な愛情』で、祖母にぴったりで大好きなんです」

へへっと花が咲き乱れるように笑う少女に、俺は目を見開き、息を吸うのも忘れてしまったのを覚えている。

手伝おうと手を伸ばすと、彼女は茹でダコのように真っ赤になった。どうやらジャージ姿が恥ずかしかったようだ。

可憐な女性だと惹かれた。表情豊かで、それでいて職業や見た目だけで俺を判断し、擦り寄ってくるような人たちとは違う。

その日以来、一ノ瀬さんの診察日には彼女をいつも目で探していた。

＊　＊　＊

数日後、診察後に桔梗が無事に咲いているかどうかを確認しに行った。

梗一さんの書斎から見える花壇に植えられた桔梗は、木漏れ日の中、朝露に濡れて輝き、風で大きく揺れていた。

その前には、草むしりをしている咲良さん。隣に近づいても、俺の存在に気づかないほど、夢中になって作業している。

彼女が今年も咲かせてくれたのか。

私に気づいた彼女が顔を上げたので、安堵した俺は素直な気持ちを吐露する。

「今年は咲かないと思っていた」

「……桔梗が、ですか？」

「夜の淡い光の中でも、眩しい太陽の下でも美しく咲く桔梗。この花の美しさに惚れた父が、俺に梗介と名づけたらしい」

彼女が守ってくれた桔梗の花を、壊れないように指先でそっと撫でる。

すると咲良さんは、首を仰け反るようにして俺を見上げたのを覚えている。驚いているのか、彼女は稲妻に当たったかのように動かなくなった。

「君がいつも手入れしてくれているんだな」

「あ、えっと……はい。私、この庭が大好きなんです」

「大好き、か」

言葉と連動して表情が変わるのが普通なのだろう。俺がおかしいんだ。

鼻のてっぺんに土をつけながら笑う彼女は、俺が知る女性の中で一番無垢でかわいらしかった。親指の腹で彼女の鼻についた土を拭うと、彼女は驚いて目を大きく見開いた。

初めてしっかり俺を見てくれたと思う。

彼女のそばは居心地がよく、心が温かく満たされていく。

＊＊＊

「あら、誰かと思えば讃良大病院の梗介さんじゃん。一昨年《おととし》のパーティー以来かしら」

逆に、年末のパーティーや庭園でたまに会う彼女には嫌悪感が湧いた。

俺のつま先から顔までを舐めるように値踏みし、自分に有益だと判断した途端、抱きついてくるような女性だった。

一ノ瀬亜里砂、読者モデルを経験後、一ノ瀬製薬を手伝うわけでもなく海外留学やモデル活動など、派手な行動ばかりで落ち着きがない。一ノ瀬梗一の葬式でも遅れてきたあげく、号泣して泣きわめくだけだった。

「ねえ、あんたとデートしてあげる。私とデートしたいって男はたくさんいるんだから、感謝しなさいよ。私が仕事で忙しかった間、おばあちゃんの様子どうだったか教えて」

彼女の腕が、蛇《へび》のようにねっとりと俺の腕に巻きついてきた。

「離してくれないか」

その手を半ば強引に引きはがすと、次は抱きついて背中に手を回してきた。

「おっかしいなあ。私に抱きつかれて心臓もドキドキしてない。あんた、本当に見た目と同じくロボットなんじゃないの？」

ほら、と胸元を指先でつまみ、谷間を見せてこようとしたので、また引きはがす。

露骨に眉間に皺を寄せたのが面白くなかったのか、彼女の遊び心に火をつけてしまったようだ。

会うたびに絡んでくるので、彼女が望むように冷たい男を演じ、はっきりと冷酷な言葉で突き放した。それからは二度と二人で会うこともなかったが、やはり俺は人としていろいろと欠落していると自覚した。

人の死と直面する仕事をしているのだから、逐一、情に流されてはやってられない。だから、これぐらいでいいのかもしれない。

週に一度、花壇の手入れをしている咲良さんを手伝い、彼女の笑顔を見て癒されるだけの、虚しい人生を歩むものだと思っていた。彼女への思いはすぐに淡い恋心へと変わっていったが、こんなピュアで可憐な少女に伝えていいのか戸惑った。

彼女には、王子様のように優しい笑顔の男が似合う。それこそ、鶴丸のように、人を笑わせるのが上手な男だ。

俺の地位や家柄に惹かれて近づいてきた女性は、愛想の悪い俺に興味を失い、離れていくばかりだった。何を期待されているのかはわかるが、演じるのは億劫だった。

こんな面倒くさい男だ。俺が好意を寄せていると彼女に伝えても、迷惑でしかないだろう。表情が乏しいので伝えてもわからないかもしれない。

だが、俺は彼女だけには素直な気持ちで接することができている。

＊　＊　＊

「梗介さんは、おつき合いしている方はいらっしゃらないの？」

「お、おばあちゃん」

それは一ノ瀬さんの突然のセリフだった。

慌ててひまわり畑から飛び出た彼女が、真っ赤な顔であたふたと右往左往していたので気持ちが読めず、当たり障りなくやり過ごそうと決めた。

「今は仕事が忙しいので」

「あら。それって言い訳よ。ダメダメ。仕事が忙しい時こそ、家に帰ると好きな人が出迎えてくれるのって癒されるわよ」

「それは確かに理想ですね」

一ノ瀬さんの目が期待で輝くのがわかった。

〝好機逸すべからず〟〝天の与うるを取らざればかえってその咎めを受く〟——。

勝手に諦めていた情けない自分が、ガツンと殴られたような衝撃を受けた。言い訳ばかり並べていたが、俺は初めて会った時から、ほかの女性たちとは違う咲良さんに、好意を抱いていたのだから。

慌てふためく彼女の声が聞こえないほど離れてから、もう一度一ノ瀬さんを見る。

「じゃあ、咲良ちゃんはどうかしら？　あなたさえよければ、お見合いからでもいいのだけど」

「そうですね。結婚してから咲良さんに好きになってもらう努力をしようかと思っております。俺でよければ、ですが」

「まあっ！」

一ノ瀬さんが少女のように目を輝かせたので、興奮して発作を起こさないか一瞬焦ったが、今度はどこかへ電話しに行ってしまう。

〝鉄は熱いうちに打て〟と言う。今、この機会を逃せば彼女の心は手に入らないと気づいた。

俺は表情が乏しく、仕事も多忙だから彼女を泣かせてしまうかもしれない。けれど彼女の隣は居心地がいい。そばにいたい。大切だと告げる。誰よりも幸せにすると誓う。

なので、結婚してからでもいい。俺のことを好きになってもらおうと、一ノ瀬さんから持ちかけられた話を受けることにした。

卑怯だったかもしれない。彼女にとって、祖母の願いなら嫌でもお見合いの席に行かねばならないのはわかっていた。

だから、彼女も俺のことを気に入ってくれているとわかった時、この運命を大事にしようと、絶対に離さないと誓ったのだった。

俺の気持ちを知ってからは、一ノ瀬さんもこちらの気が変わらぬうちにと、早々にお見合いの場を用意してくれた。

咲良さんは清楚でしとやかな着物を着て、俺の正面に座っていたが、始終、運ばれてくる料理を睨んでいるのみ。

やはり俺は、彼女に認められないのだろうか……。それとも、緊張しているだけだろうか？

＊＊＊

咲良さんを外に連れ出すと、彼女は花が咲いたようにぱあっと笑った。

こんな表情をするのなら、もっと早く外に誘えばよかった。

そう思ったのも束の間、その後の彼女はこちらを見ようともせず、ずっと池に視線を向けている。

小さな彼女の表情を見たいが、覗き込んで怖がらせたくもない。どうエスコートするのが正解なのか、悩んだ。

蓮の花が池に映え、水面の奥には鯉が心地よさそうに泳いでいる。

石畳の橋の上で着物の咲良さんを気遣い、手を差し出すと、その大きな瞳で俺の手を見つめたあと、恐る恐る手を取る。そしてお礼を言おうと、顔を見上げてくれた。

「やっとこちらを見てくれた」

俺がそう告げると、彼女は視線を泳がせる。そうかと思えば、意を決した様子で声を上げた。

「梗介さんはっ」

「はい」

「わ、私でいいのでしょうか？　梗介さんみたいに大人で、素敵な人が私とお見合いなんて……その、断れなかっただけ、では？」

今にも泣きだしそうな、子犬みたいな表情に面食らう。

何を言っているのか。

けれど彼女は真剣だった。視線をさまよわせ、顔を曇らせていく。

あなたがいいから、俺がお見合いの場を作ってもらったんだ。悩む必要は全くない。

「咲良さん、こちらを見てくれますか？」

彼女は迷いつつも、もう一度俺の目を見上げてくれた。

だから、嘘偽りない自分の気持ちを伝えようと思った。

「正直に言うと、こんなかたちでお見合いになったのは不本意です。自分はこの通り、表情も硬く、言葉もはっきりと伝えてしまうので、女性には怖がられたり避けられることが多い。特に、君みたいに表情豊かでかわいらしい女性には。だから、君が俺に恋愛感情なんて持つはずがないと自覚している」

背が高くて無表情の俺は、彼女には威圧的に見えるだろう。愛想もないつまらない男に見えるだろう。

だからせめて嘘だけはつかず、言葉できちんと気持ちを伝えていこうと決めていた。

「なので、俺は自分から告げることから逃げていたかもしれない。そのせいで周りからお膳立てされ、こうした機会を与えられてから動くのが恥ずかしい」

これだけ必死に自分の気持ちを伝えるのは、あなたが好きだからです。髪飾りに手を伸ばしても怖がらず、まっすぐ見つめてくれる君に、正直に伝えたい。

「俺はあなたがいい。あの庭で、どの花よりも鮮やかでかわいらしいあなたがいい」

俺の気持ちは伝わったのだろうか。

それから彼女も、俺に好意を寄せていたとわかり、もっと積極的に動いても問題ないのだと気づけた。

素直な言葉を伝えると、真っ赤になったり照れて隠れてしまう咲良は、とてもかわいらしい女性だった。

仕事が忙しくてどんなに疲れていても、ドアを開ければ出迎えてくれる彼女がいる。そのことに、どれほど救われたかわからない。

＊
＊
＊

「あれ、咲良の旦那様じゃん」

だから、ずっと存在を忘れていた亜里砂さんが、また目の前をちょろちょろしてきても、気にしないようにしていた。

一ノ瀬さんの診察の日に、顔を合わす頻度が増えた気がした。

はっきりと意思表示はしている。いつかは飽きて、違う男をからかうだろう。

「何で無視なの？　あー、私と咲良を比べちゃうから？」

黙っていれば、ほかの男ならばちやほやもてはやしてくれるだろうが、しゃべれば幼稚で、同じことしか言わない。傲慢で高飛車で自信家な彼女は、俺の苦手なタイプだった。

「私のこと、よく見てよ」

誘うように甘く妖艶《ようえん》に微笑んでくる。

女性だから突き飛ばせない。冷たい言葉を浴びせても、つきまとう。

どんな対処が正解なのか、少しだけ悩んだ。

「わかるでしょ？　私よりいい女なんてこの世にいないもの」

抱きつかれ、吐き気がした。よりによって、咲良が大事に育てた花でいっぱいの庭園で。

だが、東屋には段差がある。

ハイヒールを履いた彼女を突き飛ばすわけにはいかないし、感情を露わにしても、余計面白がられるだろう。

毅然とした態度で、冷静に突き放すしかないと思った。

「やめてくれ。君は誰にでも抱きつくのか？」

背中に回された腕を解いて、彼女の束縛から逃げる。彼女を挑発してしまったかもしれないと、少しだけ焦る。

一応は咲良の従姉だし、咲良が嫌っていない相手には大人の対応をしなければいけないとわかっている。だが、どうしても抵抗がある。

「もー。待ってよ」

ここまで拒絶しても、からかいたいのか。

足元から崩れそうになる。焦った気持ちを返してもらいたいぐらい腹立たしかった。

＊＊＊

散々悩まされた相手だったが、入籍後はぴたりと誘惑がやんだ。

咲良のノロケにも嫌そうな顔はするが、一応、全部聞いてくれているようだ。本当に、咲良のために俺が浮気しないかどうか試しただけだったのかもしれない。

祖母思いの面や、陰で努力しているところも知り、少し見直した。だが、やはり咲良をぞんざいに扱っているところを見ると好きにはなれないが。

＊＊＊

「見てちょうだい。靴下を編んでみたの」

タクシーから降りたお義祖母さんは、気丈にも杖を突きながら一人で歩いて、俺たちのマンションに遊びに来た。腹帯やおくるみ、そしておもちゃを持ってきてくれた。

ソファに座っているお義祖母さんを、咲良がキッチンから落ち着かない様子で見ている。

「おばあちゃんっ。まだ性別もわからないんだから、気が早いってば」

お茶を用意している咲良が困惑したような、悲鳴に近い声を上げる。

俺は準備したお茶を受け取りにキッチンへ向かい、彼女の頭を撫でた。

「喜んでいるんだからいいじゃないか」

先月、安定期に入ったので親戚に伝えた。

お義祖母さんは最初に伝えたのもあって、一番に会いに来る約束を取りつけた。

伝えてから一週間しか経っていないのに、もう靴下を編んでくれているのはうれしいことだ。

「梗介さんもですよ。もう子供部屋におもちゃ箱二つ分、クローゼットには何着も洋服が入っているし。性別がまだわからないのに、どうするんですか？」

彼女は頬を膨らませて怒っているが、そんな様子もかわいい。

「男女兼用の服やおもちゃを選んでいる」

手当たり次第買っているわけではないので、大目に見てくれと言ったつもりだが、俺と彼女の意見はすれ違っている。

でも、今はそれすらも楽しく感じる。

「そういうわけじゃなくて、このままだと赤ちゃんの家を借りなきゃいけなくなるでしょ」

咲良のやや大げさな文句に、お義祖母さんが目を輝かせる。

「うちの屋敷に部屋を作りましょう」

ひ孫の誕生に興奮ぎみのお義祖母さんは、今にも空き部屋を子供部屋用に工事してしまいそうな勢いだ。

それを必死で止める咲良。

俺はお茶をテーブルに並べ、お義祖母さんが持ってきたケーキを皿に載せる。そして、まだキッチンにいた咲良を呼んで座らせた。

「もう。梗介さんは絶対に子供を甘やかしてしまいます。私が厳しくしなくては」

お腹を撫でながら、決意表明している姿が愛おしい。

「へえ。咲良が厳しく、か」

想像できず笑ってしまうと、彼女の頬が膨れた。

「ふふ。大切にされていてよかったわね。咲良ちゃん、ずっと梗介さんのこと好きだったでしょう？」

「ちょっと、おばあちゃんっ」

慌てる彼女に、いたずらっ子のように笑うお義祖母さん。

「残念だが、俺のほうが先に咲良を好きになったんだよ」

花の世話をしている君をかわいいと思ったのは、もうずっと前のことだ。それから、今までずっと大切に思ってきた。

「えっ。私ですよ」

咲良は何を言うのかと目を丸くして、全く信じていない。

「俺のほうが先に、いつの間にか君のことを目で追うようになってたんだよ」

「私も、ですよ」

真っ赤にしながら反論する咲良が、愛おしい。お義祖母さんがいなければ、抱きしめてしまうところだった。

お義祖母さんが口を手で押さえて笑いだしたので、この話は中断した。

その後はケーキを食べながら、二人はタブレットで次に植える花の苗を選んでいた。

君が気持ちに気づいたのは、俺が亜里砂さんに抱きしめられているのを見た時だろう？　俺は君と最初に庭で会った時から惹かれていて、ゆっくりと気持ちを育てていたんだ。

花に向ける優しい瞳。

それを自分へ向けたい、自分を見てほしいと、お見合いしてから毎日のように気持ちを伝えているつもりだ。

結婚してからも、お義祖母さんのために応急処置の勉強をしたりと、成長しようと努力している健気な姿が愛おしい。倒れかけたお義祖母さんを受け止めた時から、君は少し強くなったように思う。

君のおかげで、俺は患者さんや病院関係者から表情が柔らかくなったとよく言われるようになった。君は、俺の失われた心の一部を取り戻してくれた人……いや、それ以上のかけがえのない存在なんだ。

夜勤明けでフラフラになって帰宅した時、笑顔で走って出迎えてくれる君に、この幸せをもっともっと伝えたいと、抱きしめる手に力が入ってしまうんだ。

君が妊娠してピンクの薔薇の花束を贈ってくれた時から、確かに俺は浮かれている。俺への感謝の気持ちも込められた、両手で抱えるほどの大きな花束は、愛情で溢れていて心から感動した。

花でさえ愛情を込めた瞳で見つめ、慈しむ君。そんな君の子供は世界中で一番幸せだろう。君と俺の子に、早く会いたい。そして咲良と同じぐらい愛情を注ぐことを誓うよ。

「梗介さん、紅茶おかわりいかがですか？」

「自分で淹れるので、君は座っていて」

つわりがひどい時はフラフラだったのだから、今はゆっくりしていてほしい。

キッチンに行き、紅茶の缶を手に持って準備をしていると、咲良がちょこちょこと寄ってきて俺の服をつかみ、こちらを眺めている。

「俺の顔に穴が開いてしまう」

「……本当に私が先に、好きになったんです」

真っ赤になって言ってくるものだから、ついつい意地悪してしまう。

「お義祖母さんが帰ったら、じっくり教えてあげるよ」

耳元で囁くと、咲良の顔は初めて話した時のように真っ赤になる。

どれほど君が照れても、こればかりは譲《ゆず》れない。君に毎日聞かせてもいい。時間はたっぷりある。

ずっとこの先も一緒なのだから。

Ｆｉｎ

あとがき

初めまして。篠原愛紀《しのはらあいき》と申します。このたびは『極上ドクターはお見合い新妻を甘やかしたくてたまらない』をお手に取っていただき、ありがとうございます。

私の初めての紙の書籍となります。まだまだ未熟者ですが、大好きなものをたくさん詰め込んで書かせていただきました。朝露に濡れる花、高飛車すぎる美人、気弱ながら一生懸命の女性、そしてハチミツよりも甘い溺愛ヒーロー。すべて書くのは難しいのに、ついつい書いてしまいます。楽しんでいただければ幸いです。

最後に、この本の出版に携わってくださった皆様に感謝いたします。素敵な咲良と梗一を描いてくださったささおかえり様、大変お世話になった担当の弘保《ひろやす》様、本当にありがとうございました。

そしてこの作品を読んでくださったすべての方に感謝いたします。また次の作品でお会いできますように精進していきたいと思います。

篠原愛紀

マーマレード文庫

極上ドクターはお見合い新妻を
甘やかしたくてたまらない

2022年1月15日　第1刷発行　定価はカバーに表示してあります

著者　篠原愛紀　©AIKI SHINOHARA 2022
発行人　鈴木幸辰
発行所　株式会社ハーパーコリンズ・ジャパン
東京都千代田区大手町1-5-1
電話　03-6269-2883（営業部）
0570-008091（読者サービス係）
印刷・製本　中央精版印刷株式会社

Printed in Japan ©K.K. HarperCollins Japan 2022
ISBN-978-4-596-31744-5